2004

W9-ABG-061

MARIO BENEDETTI

La muerte
y otras sorpresas

punto de lectura

LA MUERTE Y OTRAS SORPRESAS
D. R. © Mario Benedetti, 1968

 punto de lectura

De esta edición:
D. R. © Suma de Letras, S.A. de C.V., 2001
Av. Universidad 767, Col. del Valle
México, 03100, D.F.
www.puntodelectura.com.mx

Primera edición en Punto de Lectura: junio de 2001
Segunda reimpresión: abril de 2003

ISBN: 970-710-026-5

D. R. © Diseño de cubierta: Angélica Alva Robledo

Impreso en México

Todos los derechos reservados. Esta publicación no puede ser reproducida, ni en todo ni en parte, ni
registrada en o transmitida por un sistema de recuperación de información, en ninguna forma ni por
ningún medio, sea mecánico, fotoquímico, electrónico, magnético, electroóptico, por fotocopia o
cualquier otro, sin el permiso previo, por escrito, de la editorial.,

863
B462

$6.59

B+T

5/11/64

MARIO BENEDETTI

La muerte
y otras sorpresas

A Luz

Índice

*Se miente más de la cuenta
por falta de fantasía:
también la verdad se inventa.*

ANTONIO MACHADO

La muerte

Conviene que te prepares para lo peor.

Así, en la entonación preocupada y amiga de Octavio, no sólo médico sino sobre todo ex compañero de liceo, la frase socorrida, casi sin detenerse en el oído de Mariano, había repercutido en su vientre, allí donde el dolor insistía desde hacía cuatro semanas. En aquel instante había disimulado, había sonreído amargamente, y hasta había dicho: «no te preocupes, hace mucho que estoy preparado». Mentira, no lo estaba, no lo había estado nunca. Cuando le había pedido encarecidamente a Octavio que, en mérito a su antigua amistad («te juro que yo sería capaz de hacer lo mismo contigo»), le dijera el diagnóstico verdadero, lo había hecho con la secreta esperanza de que el viejo camarada le dijera la verdad, sí, pero que esa verdad fuera su salvación y no su condena. Pero Octavio había tomado al pie de la letra su apelación al antiguo afecto que los unía, le había consagrado una hora y media de su acosado tiempo para examinarlo y reexaminarlo, y luego, con los ojos inevitablemente húmedos tras los gruesos cristales, había empezado a dorarle la píldora: «Es imposible decirte desde ya de qué se trata. Habrá que hacer análisis, radiografías, una completa historia clínica. Y eso va a demorar un poco. Lo único que podría decirte es que de este primer examen no saco una buena impresión. Te descuidaste mucho. Debías haberme visto no bien sentiste la primera molestia.» Y luego el anuncio del primer golpe directo: «Ya que me pedís, en nombre de nuestra amistad, que sea estrictamente sincero contigo, te diría que, por las dudas...» Y se había detenido, se había quitado los anteojos, y los había limpiado con el borde de la túnica. Un gesto escasamente profiláctico, había alcanzado a pensar Mariano en medio de su desgarradora expectativa. «Por las dudas ¿qué?», preguntó, tratando de que el tono fuera sobrio, casi indiferente. Y ahí se desplomó el cielo: «Conviene que te prepares para lo peor.»

De eso hacía nueve días. Después vino la serie de análisis, radiografías, etc. Había aguantado los pinchazos y las propias desnudeces con una entereza de la que no se creía capaz. En una sola ocasión, cuando volvió a casa y se encontró solo (Agueda había salido con los chicos, su padre estaba en el Interior), había perdido todo dominio de sí mismo, y allí, de pie, frente a la ventana abierta de par en par, en su estudio inundado por el más espléndido sol de otoño, había llorado como una criatura, sin molestarse siquiera por enjugar sus lágrimas. Esperanza, esperanzas, hay esperanza, hay esperanzas, unas veces en singular y otras en plural; Octavio se lo había repetido de cien modos distintos, con sonrisas, con bromas, con piedad, con palmadas amistosas, con semiabrazos, con recuerdos del liceo, con saludos a Agueda, con ceño escéptico, con ojos entornados, con tics nerviosos, con preguntas sobre los chicos. Seguramente estaba arrepentido de haber sido brutalmente sincero y quería de algún modo amortiguar los efectos del golpe. Seguramente. Pero ¿y si hubiera esperanzas? O una sola. Alcanzaba con una escueta esperanza, una diminuta esperancita en mínimo singular. ¿Y si los análisis, las placas, y otros fastidios,

decían al fin en su lenguaje esotérico, en su profecía
en clave, que la vida tenía permiso para unos años
más? No pedía mucho: cinco años, mejor diez. Ahora
que atravesaba la Plaza Independencia para encontrarse con Octavio y su dictamen final (condena o aplaza-
miento o absolución), sentía que esos singulares y
plurales de la esperanza habían, pese a todo, germinado
en él. Quizá ello se debía a que el dolor había disminuido considerablemente, aunque no se le ocultaba que
acaso tuvieran algo que ver con ese alivio las pastillas
recetadas por Octavio e ingeridas puntualmente por
él. Pero, mientras tanto, al acercarse a la meta, su expectativa se volvía casi insoportable. En determinado
momento, se le aflojaron las piernas; se dijo que no
podía llegar al consultorio en ese estado, y decidió
sentarse en un banco de la plaza. Rechazó con la cabeza
la oferta del lustrabotas (no se sentía con fuerzas como
para entablar el consabido diálogo sobre el tiempo y
la inflación), y esperó a tranquilizarse. Agueda y Susana. Susana y Agueda. ¿Cuál sería el orden preferen-
cial? ¿Ni siquiera en este instante era capaz de decidirlo? Agueda era la comprensión y la incomprensión
ya estratificadas; la frontera ya sin litigios; el presente
repetido (pero también había una calidez insustituible
en la repetición); los años y años de pronosticarse
mutuamente, de saberse de memoria; los dos hijos, los
dos hijos. Susana era la clandestinidad, la sorpresa
(pero también la sorpresa iba evolucionando hacia el
hábito), las zonas de vida desconocida, no compartidas,
en sombra; la reyerta y la reconciliación conmovedo-
ras; los celos conservadores y los celos revolucionarios;
la frontera indecisa, la caricia nueva (que insensible-
mente se iba pareciendo al gesto repetido), el no pronosticarse sino adivinarse, el no saberse de memoria
sino de intuición. Agueda y Susana, Susana y Agueda.
No podía decidirlo. Y no podía (acababa de advertirlo

en el preciso instante en que debió saludar con la mano a un antiguo compañero de trabajo), sencillamente porque pensaba en ellas como cosas suyas, como sectores de Mariano Ojeda, y no como vidas independientes, como seres que vivían por cuenta y riesgo propios. Agueda y Susana, Susana y Agueda, eran en este instante partes de su organismo, tan suyas como esa abyecta, fatigada entraña que lo amenazaba. Además estaban Coco y sobre todo Selvita, claro, pero él no quería, no, no quería, no, no quería ahora pensar en los chicos, aunque se daba cuenta de que en algún momento tendría que afrontarlo, no quería pensar porque entonces sí se derrumbaría y ni siquiera tendría fuerzas para llegar al consultorio. Había que ser honesto, sin embargo, y reconocer de antemano que allí iba a ser menos egoísta, más increíblemente generoso, porque si se destrozaba en ese pensamiento (y seguramente se iba a destrozar) no sería pensando en sí mismo sino en ellos, o por lo menos más en ellos que en sí mismo, más en la novata tristeza que los acechaba que en la propia y veterana noción de quedarse sin ellos. Sin ellos, bah, sin nadie, sin nada. Sin los hijos, sin la mujer, sin la amante. Pero también sin el sol, este sol; sin esas nubes flacas, esmirriadas, a tono con el país; sin esos pobres, avergonzados, legítimos restos de la Pasiva; sin la rutina (bendita, querida, dulce, afrodisíaca, abrigada, perfecta rutina) de la Caja Núm. 3 y sus arqueos y sus largamente buscadas pero siempre halladas diferencias; sin su minuciosa lectura del diario en el café, junto al gran ventanal de Andes; sin su cruce de bromas con el mozo; sin los vértigos dulzones que sobrevienen al mirar el mar y sobre todo al mirar el cielo; sin esta gente apurada, feliz porque no sabe nada de sí misma, que corre a mentirse, a asegurar su butaca en la eternidad o a comentar el encantador heroísmo de los *otros;* sin el

descanso como bálsamo; sin los libros como borra-
chera; sin el alcohol como resorte; sin el sueño como
muerte; sin la vida como vigilia; sin la vida, simplemente.

Ahí tocó fondo su desesperación, y, paradójicamente, eso mismo le permitió rehacerse. Se puso de
pie, comprobó que las piernas le respondían, y acabó
de cruzar la plaza. Entró en el café, pidió un cortado,
lo tomó lentamente, sin agitación exterior ni interior,
con la mente poco menos que en blanco. Vio cómo el
sol se debilitaba, cómo iban desapareciendo sus últimas estrías. Antes de que se encendieran los focos del
alumbrado, pagó su consumición, dejó la propina de
siempre, y caminó cuatro cuadras, dobló por Río Negro a la derecha, y a mitad de cuadra se detuvo, subió
hasta un quinto piso, y oprimió el botón del timbre
junto a la chapita de bronce: Dr. Octavio Massa, médico.

—Lo que me temía.
Lo que me temía era, en estas circunstancias,
sinónimo de lo peor. Octavio había hablado larga, calmosamente, había recurrido sin duda a su mejor repertorio en materia de consuelo y confortación, pero
Mariano lo había oído en silencio, incluso con una
sonrisa estable que no tenía por objeto desorientar a
su amigo, pero que con seguridad lo había desorien-
tado. «Pero si estoy bien», dijo tan sólo, cuando Octavio lo interrogó, preocupado. «Además», dijo el médico, con el tono de quien extrae de la manga un
naipe oculto, «además vamos a hacer todo lo que sea
necesario, y estoy seguro, entendés, seguro, que una
operación sería un éxito. Por otra parte, no hay demasiada urgencia. Tenemos por lo menos un par de sema-

nas para fortalecerte con calma, con paciencia, con re-
gularidad. No te digo que debas alegrarte, Mariano, ni
despreocuparte, pero tampoco es para tomarlo a la
tremenda. Hoy en día estamos mucho mejor armados
para luchar contra...» Y así sucesivamente. Mariano
sintió de pronto una implacable urgencia en abando-
nar el consultorio, no precisamente para volver a la
desesperación. La seguridad del diagnóstico le había
provocado, era increíble, una sensación de alivio, pero
también la necesidad de estar solo, algo así como una
ansiosa curiosidad por disfrutar la nueva certeza. Así,
mientras Octavio seguía diciendo: «...y además da la
casualidad que soy bastante amigo del médico de tu
Banco, así que no habrá ningún inconveniente para
que te tomes todo el tiempo necesario y...», Mariano
sonreía, y no era la suya una sonrisa amarga, resen-
tida, sino (por primera vez en muchos días) de algún
modo satisfecha, conforme.

Desde que salió del ascensor y vio nuevamente
la calle, se enfrentó a un estado de ánimo que le pareció una revelación. Era de noche, claro, pero ¿por
qué las luces quedaban tan lejos? ¿Por qué no entendía, ni quería entender, la leyenda móvil del letrero
luminoso que estaba frente a él? La calle era un gran
canal, sí, pero ¿por qué esas figuras, que pasaban a
medio metro de su mano, eran sin embargo imágenes
desprendidas, como percibidas en un film que tuviera
color pero que en cambio se beneficiara (porque en
realidad era una mejora) con una banda sonora sin
ajuste, en la que cada ruido llegaba a él como a través
de infinitos intermediarios, hasta dejar en sus oídos
sólo un amortiguado eco de otros ecos amortiguados?
La calle era un canal cada vez más ancho, de acuerdo,
pero ¿por qué las casas de enfrente se empequeñecían
hasta abandonarlo, hasta dejarlo enclaustrado en su
estupefacción? Un canal, nada menos que un canal,

pero ¿por qué los focos de los autos que se acercaban velozmente, se iban reduciendo, reduciendo, hasta parecer linternas de bolsillo? Tuvo la sensación de que la baldosa que pisaba se convertía de pronto en una isla, una baldosa leprosa que era higiénicamente discriminada por las baldosas saludables. Tuvo la sensación de que los objetos se iban, se apartaban locamente de él pero sin admitir que se apartaban. Una fuga hipócrita, eso mismo. ¿Cómo no se había dado cuenta antes? De todos modos, aquella vertiginosa huida de las cosas y de los seres, del suelo y del cielo, le daba una suerte de poder. ¿Y esto podía ser la muerte, nada más que esto?, pensó con inesperada avidez. Sin embargo estaba vivo. Ni Agueda, ni Susana, ni Coco, ni Selvita, ni Octavio, ni su padre en el Interior, ni la Caja Núm. 3. Sólo ese foco de luz, enorme, es decir enorme al principio, que venía quién sabe de dónde, no tan enorme después, valía la pena dejar la isla baldosa, más chico luego, valía la pena afrontarlo todo en medio de la calle, pequeño, más pequeño, sí, insignificante, aquí mismo, no importa que los demás huyan, si el foco, el foquito, se acerca alejándose, aquí mismo, aquí mismo, la linternita, la luciérnaga, cada vez más lejos y más cerca, a diez kilómetros y también a diez centímetros de unos ojos que nunca más habrán de encandilarse.

El altillo

Está allá arriba. Lo veo desde aquí. Siempre quise un altillo. Cuando tenía nueve años, cuando tenía doce. Lo veo desde aquí y es bueno saber que existe. Tiene la luz encendida. Es una bombilla de cien bujías, pero desde el patio la veo apenas como un resplandor. Siempre quise un altillo, para escaparme. ¿De quién? Nunca lo supe. Francamente, yo quisiera saber si todos están seguros de quién escapan. Nadie lo sabe. Puede ser que lo sepa un ratón, pero yo creo que un ratón no es lo que el doctor llama un fugitivo típico. Yo sí lo soy. Quise un altillo como el de Ignacio, por ejemplo. Ignacio tenía allí libros, almanaques, mapas, postales, álbumes de estampillas. Ignacio pasaba directamente del altillo a la azotea, y desde allí podía dominar todas las azoteas vecinas, con claraboyas o sin ellas, con piletas de lavar ropa o macetas en los pretiles. En ese momento ya no tenía ojos de fuga sino de dominador. Dominar las azoteas es aproximadamente lo mismo que dominar las intimidades. La gente cuelga allí ropa interior, amontona trastos viejos, toma el sol sin pedantería, hace gimnasia para sí misma y no para las muchachas, como sucede en la playa. La azotea es como una trastienda. Claro que hay azoteas que tienen perros y eso es un inconveniente; pero siempre queda el recurso de tirarles piedras o simplemente espantarlos con gritos. De todos modos, ni a Ignacio ni a mí nos gustaba que un perro nos estuviera mirando. Una azotea con perro pierde su soledad y entonces no sirve, especialmente si el perro tiene ojos de persona. A mí ni siquiera me gustan los perros con ojos de perro. Los gatos me importan menos. Son como un decorado y nada más. Puedo sentirme perfectamente solo con el cielo, un avión, una cometa y un gato. Incluso con Ignacio podía sentirme casi solo. Sería tal vez porque no hablaba. Tomaba los gemelos de teatro, miraba detenidamente la azotea de los Risso, y una vez que se cercioraba de que ni Mecha ni Sonia habían subido todavía, entonces me los alcanzaba a mí, y yo miraba detenidamente hacia la azotea de los Antuña hasta cerciorarme de que ni Luisa ni Marta habían subido. Siempre quise un altillo. El de Ignacio era un lindo altillo, pero tenía el inconveniente de que no era mío. Ya sé que Ignacio nunca me hizo sentirme extranjero, ni intruso, ni enemigo, ni pesado, ni ajeno; pero yo sentía todo eso por mí mismo, sin necesidad de que nadie me lo recordara. Para huir, para escapar de algo que uno no sabe bien qué es, hay que hacerlo solo. Y cuando yo escapaba (por ejemplo, cuando hice añicos los anteojos de mi tía y los tiré por el water y ella perdió todo su aplomo y se puso furiosa y me gritó tarado de porquería, linda consecuencia de las borracheras de tu padre, aunque según el doctor no es seguro que mi atraso tenga que ver con las papalinas de mi viejo, que en paz descanse) y cuando yo escapaba al altillo de Ignacio para estar solo, no podía estar solo porque, claro, estaba Ignacio. Y también a veces el perro del vecino, que es de los que miran con ojos de persona. Todo eso a los doce años y también a los nueve. A los trece se acabó el altillo porque empecé a ir al colegio de fronterizos. No recuerdo nada de lo que hice en el colegio. Hay que ver que fui solamente tres días; después me pegó el grandote malísimo y estuve mucho tiempo en cama sin poder abrir este ojo que ahora abro, y además conteniendo la respiración. Todo debido a la costilla rota, claro. Pero al final tenía que respirar porque me ponía colorado, colorado, primero como un tomate y después como una remolacha. Entonces respiraba y el dolor era enorme. Se acabó el colegio de fronterizos, dijo mi tío. Después de todo es casi normal, dijo mi tía. Yo estaba agachado y de pronto sentí el frío de la llave en el ojo. Me aparté de la cerradura y me puse el camisón. Ella vendrá a enseñarte aquí desde mañana, dijo mi tía, antes de arroparme y darme un beso en la frente. Yo no tenía todavía mi altillo, ni tampoco podía ir al de Ignacio porque su papá se peleó con mi tío, no a las trompadas sino a las malas palabras. Ella vino a enseñarme todas las mañanas. No sólo me enseñaba las lecciones. También me enseñaba unas piernas tan peludas que yo no podía dejar de mirarlas. Le advertí que yo era casi normal y ella sonrió. Me preguntó si había alguna cosa que me gustaba mucho, y yo dije que el altillo. En seguida me arrepentí porque era como traicionar a Ignacio, pero de todos modos ella lo iba a saber porque su mirada era de ojos bien abiertos. Yo creo que nunca cerraba los ojos, o quizá pestañeaba en el instante en que yo también lo hacía. Algunas veces yo demoraba más, a propósito, pero ella se daba cuenta de mi intención y también demoraba su pestañeo, y tal vez luego parpadeaba junto conmigo porque nunca le vi cerrar los ojos. Mejor dicho, la vi una sola vez, pero ésa no vale porque estaba muerta. Los ex alumnos le llevamos un ramo de flores. Yo era ex alumno pero no la quería demasiado. Quería sus piernas, eso sí, porque eran peludas, pero la persona de ella también tenía otras partes. Así que sólo duró un mes y medio. Una lástima porque había mejorado

mucho, dijo mi tía. Ya sabía la tabla del ocho, dijo
mi tío. Yo sabía también la del nueve, claro que nunca
dije nada porque algún secreto hay que tener. Yo no
sé cómo hay gente capaz de vivir sin secretos. Ignacio
dice que el secreto más secreto de sus secretos es que.
Pero yo no lo voy a decir porque le juré no comuni-
carlo a nadie. Fue sobre el perro muerto que lo juré.
No sé exactamente cuándo. Siempre se me mezclaron
las fechas. Acabo de hacer algo y sin embargo me
parece muy lejano. En cambio, hay ocasiones en que
una cosa bien antigua, me parece haberla hecho hace
cinco minutos. A veces puedo saber cuándo, sobre todo
ahora que el tío me regaló el reloj que fue de mamá
que en paz descanse. Pobrecito, así se entretiene, dijo
mi tía. Pero yo no quiero entretenerme, es decir no
quería, porque eso fue a los doce años y ahora tengo
veintitrés, me llamo Albertito Ruiz, vivo en Solano
Antuña cinco seis nueve, mi tío es el señor Orosmán
Rivas, y mi tía la señora Amelia T. de Rivas. La T es
de Tardáguila. Al fin conseguí el altillo. Para mí solo.
Lo conseguí ayer, anteayer, o hace cinco años. No me
importa el plazo. Mi altillo está. Lo veo desde aquí.
Siempre quise mi altillo. Dice el doctor que no es
exactamente un fronterizo, suspiró mi tía, y por el ojo
de la cerradura yo vi exactamente su suspiro, o sea
cómo se levantaba la pechera y luego bajaba, cómo se
levantaba el collar con la crucecita y luego bajaba. Luego bajaba del altillo y mi tío estaba tomando mate y
preguntaba qué tal. Lindo, dije. Mi altillo tiene una
portátil con una bombilla que oficialmente es de setenta y cinco bujías. Yo hice trampa y le puse una de
cien bujías, pero la tía cree que es una de setenta y
cinco. A veces me molesta en los ojos tanta luz. El
tío se dio cuenta de que, aunque en la bombilla dice
setenta y cinco, en realidad es de cien bujías, pero yo
sé que no me va a denunciar frente a la tía, porque

en su mesa de noche él también tiene una de setenta y cinco cuando la tía sólo le ha dado permiso para tener una de cuarenta bujías. Bujías quiere decir bichitos. Si Ignacio no hubiera venido hace un rato, yo estaría ahora en el altillo. Pero vino y hacía muchos años que no lo veía. El dijo que once. Yo supe que se habían mudado y que él no tenía más altillo. Hola, dijo. Ignacio nunca habló mucho, ni siquiera en la época en que tenía su altillo y estaba tan orgulloso. Ahora yo tengo el mío. De tarde me gusta salir a la azotea y por suerte aquí no hay perros con mirada de persona. Hay uno chiquito en la azotea de Tenreiro, uno chiquito que se llama Goliat, pero ese tiene mirada de perro así que no me preocupa tanto. Hola, dije yo también. Pero me di cuenta a qué venía. En seguida me di cuenta. El dijo que hacía once años que no nos veíamos y que estaba en tercero de Facultad. Me pareció que tenía bigote. A mí no me crece el bigote. Tu tío me dio permiso para que viniera a verte, dijo para disimular. Tu tío dice que estás mucho mejor, dijo otra vez para disimular. Dice tantas macanas mi tío. Se acercó a la ventana. Miró el cielo. También el cielo lo miró a él. Paf. Qué tal, me preguntó mi tío cuando bajé. Lindo, dije. Yo dejé la luz encendida y desde aquí veo el resplandor. A mí no me va a quitar nadie el altillo. Nunca. Nadie. Nunca. Yo a él no lo traicioné, y ahora viene y se pone el muy falluto a mirar disimuladamente el cielo. Todos sabemos que él perdió su altillo, pero yo no tengo la culpa. Qué tal, preguntó mi tío. Lindo, dije. La luz está encendida, la bombilla de cien bujías, pero estoy seguro que a Ignacio no le molesta, porque antes de bajar dije perdón' y le cerré los ojos.

Réquiem con tostadas

Sí, me llamo Eduardo. Usted me lo pregunta para entrar de algún modo en conversación, y eso puedo entenderlo. Pero usted hace mucho que me conoce, aunque de lejos. Como yo lo conozco a usted. Desde la época en que empezó a encontrarse con mi madre en el café de Larrañaga y Rivera, o en éste mismo. No crea que los espiaba. Nada de eso. Usted a lo mejor lo piensa, pero es porque no sabe toda la historia. ¿O acaso mamá se la contó? Hace tiempo que yo tenía ganas de hablar con usted, pero no me atrevía. Así que, después de todo, le agradezco que me haya ganado de mano. ¿Y sabe por qué tenía ganas de hablar con usted? Porque tengo la impresión de que usted es un buen tipo. Y mamá también era buena gente. No hablábamos mucho ella y yo. En casa, o reinaba el silencio, o tenía la palabra mi padre. Pero el Viejo hablaba casi exclusivamente cuando venía borracho, o sea casi todas las noches, y entonces más bien gritaba. Los tres le teníamos miedo: mamá, mi hermanita Mirta y yo. Ahora tengo trece años y medio, y aprendí muchas cosas, entre otras que los tipos que gritan y castigan e insultan, son en el fondo unos pobres diablos. Pero entonces yo era mucho más chico y no lo sabía. Mirta no lo sabe ni siquiera ahora, pero ella es tres años menor que yo, y sé que

a veces en la noche se despierta llorando. Es el miedo.
¿Usted alguna vez tuvo miedo? A Mirta siempre le
parece que el Viejo va a aparecer borracho, y que se
va a quitar el cinturón para pegarle. Todavía no se
ha acostumbrado a la nueva situación. Yo, en cambio,
he tratado de acostumbrarme. Usted apareció hace un
año y medio, pero el Viejo se emborrachaba desde hace
mucho más, y no bien agarró ese vicio nos empezó
a pegar a los tres. A Mirta y a mí nos daba con el
cinto, duele bastante, pero a mamá le pegaba con el
puño cerrado. Porque sí nomás, sin mayor motivo:
porque la sopa estaba demasiado caliente, o porque
estaba demasiado fría, o porque no lo había esperado
despierta hasta las tres de la madrugada, o porque
tenía los ojos hinchados de tanto llorar. Después, con
el tiempo, mamá dejó de llorar. Yo no sé cómo hacía,
pero cuando él le pegaba, ella ni siquiera se mordía
los labios, y no lloraba, y eso al Viejo le daba todavía
más rabia. Ella era consciente de eso, y sin embargo
prefería no llorar. Usted conoció a mamá cuando ella
ya había aguantado y sufrido mucho, pero sólo cuatro
años antes (me acuerdo perfectamente) todavía era
muy linda y tenía buenos colores. Además era una
mujer fuerte. Algunas noches, cuando por fin el Viejo
caía estrepitosamente y de inmediato empezaba a ron-
car, entre ella y yo lo levantábamos y lo llevábamos
hasta la cama. Era pesadísimo, y además aquello era
como levantar un muerto. La que hacía casi toda la
fuerza era ella. Yo apenas si me encargaba de sostener
una pierna, con el pantalón todo embarrado y el zapato marrón con los cordones sueltos. Usted seguramente creerá que el Viejo toda la vida fue un bruto.
Pero no. A papá lo destruyó una porquería que le
hicieron. Y se la hizo precisamente un primo de mamá,
ese que trabaja en el Municipio. Yo no supe nunca
en qué consistió la porquería, pero mamá disculpaba

en cierto modo los arranques del Viejo porque ella se sentía un poco responsable de que alguien de su propia familia lo hubiera perjudicado en aquella forma. No supe nunca qué clase de porquería le hizo, pero la verdad era que papá, cada vez que se emborrachaba, se lo reprochaba como si ella fuese la única culpable. Antes de la porquería, nosotros vivíamos muy bien. No en cuanto a plata, porque tanto yo como mi hermana nacimos en el mismo apartamento (casi un conventillo) junto a Villa Dolores, el sueldo de papá nunca alcanzó para nada, y mamá siempre tuvo que hacer milagros para darnos de comer y comprarnos de vez en cuando alguna tricota o algún par de alpargatas. Hubo muchos días en que pasamos hambre (si viera qué feo es pasar hambre), pero en esa época por lo menos había paz. El Viejo no se emborrachaba, ni nos pegaba, y a veces hasta nos llevaba a la matinée. Algún raro domingo en que había plata. Yo creo que ellos nunca se quisieron demasiado. Eran muy distintos. Aun antes de la porquería, cuando papá todavía no tomaba, ya era un tipo bastante alunado. A veces se levantaba al mediodía y no le hablaba a nadie, pero por lo menos no nos pegaba ni la insultaba a mamá. Ojalá hubiera seguido así toda la vida. Claro que después vino la porquería y él se derrumbó, y empezó a ir al boliche y a llegar siempre después de medianoche, con un olor a grapa que apestaba. En los últimos tiempos todavía era peor, porque también se emborrachaba de día y ni siquiera nos dejaba ese respiro. Estoy seguro de que los vecinos escuchaban todos los gritos, pero nadie decía nada, claro, porque papá es un hombre grandote y le tenían miedo. También yo le tenía miedo, no sólo por mí y por Mirta, sino especialmente por mamá. A veces yo no iba a la escuela, no para hacer la rabona, sino para quedarme rondando la casa, ya que siempre temía que el Viejo llegara durante el día, más borracho que de costumbre, y la moliera a golpes. Yo no la podía defender, usted ve lo flaco y menudo que soy, y todavía entonces lo era más, pero quería estar cerca para avisar a la policía. ¿Usted se enteró de que ni papá ni mamá eran de ese ambiente? Mis abuelos de uno y otro lado, no diré que tienen plata, pero por lo menos viven en lugares decentes, con balcones a la calle y cuartos de baño con bidet y bañera. Después que pasó todo, Mirta se fue a vivir con mi abuela Juana, la madre de papá, y yo estoy por ahora en casa de mi abuela Blanca, la madre de mamá. Ahora casi se pelearon por recogernos, pero cuando papá y mamá se casaron, ellas se habían opuesto a ese matrimonio (ahora pienso que a lo mejor tenían razón) y cortaron las relaciones con nosotros. Digo nosotros, porque papá y mamá se casaron cuando yo ya tenía seis meses. Eso me lo contaron una vez en la escuela, y yo le reventé la nariz al Beto, pero cuando se lo pregunté a mamá, ella me dijo que era cierto. Bueno, yo tenía ganas de hablar con usted, porque (no sé qué cara va a poner) usted fue importante para mí, sencillamente porque fue importante para mamá. Yo la quise bastante, como es natural, pero creo que nunca pude decírselo. Teníamos siempre tanto miedo, que no nos quedaba tiempo para mimos. Sin embargo, cuando ella no me veía, yo la miraba y sentía no sé qué, algo así como una emoción que no era lástima, sino una mezcla de cariño y también de rabia por verla todavía joven y tan acabada, tan agobiada por una culpa que no era la suya, y por un castigo que no se merecía. Usted a lo mejor se dio cuenta, pero yo le aseguro que mi madre era inteligente, por cierto bastante más que mi padre, creo, y eso era para mí lo peor: saber que ella veía esa vida horrible con los ojos bien abiertos, porque ni la miseria, ni los golpes, ni siquiera el hambre, consiguieron nunca embrute-

cerla. La ponían triste, eso sí. A veces se le formaban
unas ojeras casi azules, pero se enojaba cuando yo le
preguntaba si le pasaba algo. En realidad, se hacía la
enojada. Nunca la vi realmente mala conmigo. Ni con
nadie. Pero antes de que usted apareciera, yo había
notado que cada vez estaba más deprimida, más apa-
gada, más sola. Tal vez fue por eso que pude notar
mejor la diferencia. Además, una noche llegó un poco
tarde (aunque siempre mucho antes que papá) y me
miró de una manera distinta, tan distinta que yo me di
cuenta de que algo sucedía. Como si por primera vez
se enterara de que yo era capaz de comprenderla. Me
abrazó fuerte, como con vergüenza, y después me sonrió. ¿Usted se acuerda de su sonrisa? Yo sí me acuerdo. A mí me preocupó tanto ese cambio, que falté dos
o tres veces al trabajo (en los últimos tiempos hacía
el reparto de un almacén) para seguirla y saber de qué
se trataba. Fue entonces que los vi. A usted y a ella.
Yo también me quedé contento. La gente puede pensar que soy un desalmado, y quizá no esté bien eso de
haberme alegrado porque mi madre engañaba a mi
padre. Puede pensarlo. Por eso nunca lo digo. Con
usted es distinto. Usted la quería. Y eso para mí fue
algo así como una suerte. Porque ella se merecía que
la quisieran. Usted la quería, ¿verdad que sí? Yo los
vi muchas veces y estoy casi seguro. Claro que al Viejo
también trato de comprenderlo. Es difícil, pero trato.
Nunca lo pude odiar, ¿me entiende? Será porque, pese
a lo que hizo, sigue siendo mi padre. Cuando nos pegaba, a Mirta y a mí, o cuando arremetía contra mamá,
en medio de mi terror yo sentía lástima. Lástima por
él, por ella, por Mirta, por mí. También la siento ahora, ahora que él ha matado a mamá y quién sabe por
cuanto tiempo estará preso. Al principio, no quería
que yo fuese, pero hace por lo menos un mes que voy
a visitarlo a Miguelete y acepta verme. Me resulta ex-

traño verlo al natural, quiero decir sin encontrarlo
borracho. Me mira, y la mayoría de las veces no me
dice nada. Yo creo que cuando salga, ya no me va a
pegar. Además, yo seré un hombre, a lo mejor me
habré casado y hasta tendré hijos. Pero yo a mis hijos
no les pegaré, ¿no le parece? Además estoy seguro de
que papá no habría hecho lo que hizo si no hubiese
estado tan borracho. ¿O usted cree lo contrario? ¿Usted
cree que, de todos modos, hubiera matado a mamá
esa tarde en que, por seguirme y castigarme a mí, dio
finalmente con ustedes dos? No me parece. Fíjese que
a usted no le hizo nada. Sólo más tarde, cuando tomó
más grapa que de costumbre, fue que arremetió contra
mamá. Yo pienso que, en otras condiciones, él habría
comprendido que mamá necesitaba cariño, necesitaba
simpatía, y que él en cambio sólo le había dado golpes. Porque mamá era buena. Usted debe saberlo tan
bien como yo. Por eso, hace un rato, cuando usted se
me acercó y me invitó a tomar un capuchino con tos-
tadas, aquí en el mismo café donde se citaba con ella,
yo sentí que tenía que contarle todo esto. A lo mejor
usted no lo sabía, o sólo sabía una parte, porque mamá
era muy callada y sobre todo no le gustaba hablar de
sí misma. Ahora estoy seguro de que hice bien. Porque usted está llorando, y, ya que mamá esta muerta,
eso es algo así como un premio para ella, que no lloraba nunca.

Ganas de embromar

Al principio no quiso creerlo. Después se convenció, pero no pudo evitar el tomarlo a la chacota. El ruidito (a veces, como de fichas que caían; otras, como un sordo zumbido) era inconfundible para oídos expertos. Armando no sabía el motivo, pero la verdad era que su teléfono estaba intervenido. No se sentía honrado ni perseguido; simplemente, le parecía una idiotez. Nunca había podido conciliar el sentido importante, misterioso, sobrecogedor, de la palabra espionaje, con un paisito tan modesto como el suyo, sin petróleo, sin estaño, sin cobre, a lo sumo con frutas que, por distintas razones, no interesaban al lejano Norte, o con lanas y carnes que figuraban entre los rubros considerados por los técnicos como productos concurrentes.

¿Espionaje aquí, en este Uruguay 1965, clase-mediano y burócrata? ¡Vamos! Sin embargo, le habían intervenido el teléfono. Qué ganas de embromar. Después de todo, el contenido de sus llamadas telefónicas no era mucho más confidencial que el de sus artículos. Claro que, por teléfono, su estilo era menos pulcro, incluso descendía a veces a una que otra puteada. «Nada de descenso», sostenía el entusiasta Barreiro, «no te olvides de que hay puteadas sublimes».

Como la institución del espionaje, al menos en este sitio, le parecía ridícula, Armando se dedicó a un gozoso ejercicio de la imprudencia. Cuando lo llamaba Barreiro, que era el único que estaba en el secreto decían deliberadamente chistes agresivos contra los Estados Unidos, o contra Johnson, o contra la CIA.

—Esperate —decía Barreiro—. No hables tan rápido, que el taquígrafo no va a poder seguirte. ¿Qué querés? ¿Que lo despidan al pobre diablo?

—¿Cómo? —preguntaba Armando—, ¿es un taquígrafo o es un grabador?

—Normalmente es un grabador, pero parece que se les recalentó, se les descompuso, y ahora lo han sustituido por un taquígrafo. O sea un aparato que tiene la ventaja de que no se recalienta.

—Podríamos decirle al tipo algo grave y confidencial, para que haga méritos, ¿no te parece?

—¿Lo de la sublevación, por ejemplo?

—No, che, sería prematuro.

Y así por el estilo. Después, cuando se encontraban en el café, se divertían de lo lindo, y se ponían a tramar el libreto para el día siguiente.

—¿Y si empezáramos a decir nombres?

—¿Falsos?

—Claro. O mejor, nombrándolos a ellos. Por ejemplo, que Pedro sea Rodríguez Larreta; que Aníbal sea Aguerrondo; que Andrés sea Tejera; que Juan Carlos sea Beltrán.

Sin embargo, a los pocos días de inaugurar el nuevo código, y en medio de una llamada nada comprometedora, un nuevo elemento hizo su aparición. Había telefoneado Maruja y estaba hablando de esos temas que suele tocar una novia que se siente olvidada y al margen. «Cada vez me das menos corte»,

«Cuánto hace que no me llevás al cine», «Supongo que tu hermano atiende mejor a Celia», y cosas de ese tipo. Por un instante, él se olvidó del espionaje telefónico.

—Hoy tampoco puedo. Tengo una reunión, ¿sabés?

—¿Política? —preguntó ella.

Entonces, en el teléfono sonó una carraspera, y en seguida otras dos. La primera y la tercera, largas; la del medio, más corta.

—¿Vos carraspeaste? —preguntó Maruja.

Armando hizo rápidos cálculos mentales.

—Sí —contestó.

Aquella triple carraspera era en realidad la primera cosa emocionante que le ocurría desde que su teléfono estaba intervenido.

—Bueno —insistió ella—, total, no me contestaste: ¿es o no una reunión política?

—No. Es una despedida de soltero.

—Ya me imagino las porquerías que dirán —rezongó ella, y cortó.

Maruja tenía razón. Celia era bien atendida por su hermano. Pero Tito era de otra pasta. Armando siempre lo había admirado. Por su orden, por su equilibrio, por su método de trabajo, por la corrección de sus modales. Celia, en cambio, se burlaba a menudo de semejante pulcritud, y a veces, en broma, reclamaba alguna foto de cuando Tito era un bebé. «Quiero comprobar —decía— si a los seis meses ya usaba corbata.»

A Tito no le interesaba la política. «Todo es demasiado sucio», rezaba su estribillo. Armando no tenía inconveniente en reconocer que todo era demasiado sucio, pero aun así le interesaba la política. Con su flamante título, con sus buenos ingresos, con su estudio bien aireado y mejor iluminado, con sus fines de semana sagrados, con sus misas dominicales, con su devoción por la madre, Tito era el gran ejemplo de la familia, el monumento que todo el clan mostraba a Armando desde que ambos iban juntos al colegio.

Armando hacía chistes con Barreiro sobre el teléfono intervenido, pero nunca tocaba el tema con su hermano. Hacía tiempo que habían sostenido el último y definitivo diálogo sobre un tópico político, y Tito había rematado su intervención con un comentario áspero: «No sé cómo podés ensuciarte con esa gente. Convencete de que son tipos sin escrúpulos. Todos. Tanto los de derecha, como los de izquierda, como los del centro.» Eso sí, Tito los despreciaba a todos por igual. También ahí lo admiraba Armando, porque él no se sentía capaz de semejante independencia. Hay que ser muy fuerte para no indignarse, pensaba, y quizá era por eso que Tito no se indignaba.

La triple carraspera (larga, corta, larga) volvió a aparecer en tres o cuatro ocasiones. ¿Un aviso, quizá? Por las dudas, Armando decidió no hablar con nadie de ese asunto. No sólo con Tito o con su padre (después de todo, el viejo era de confiar), sino tampoco con Barreiro, que era sin duda su mejor amigo.

—Mejor vamos a suspender lo de las bromas telefónicas.

—¿Y eso?

—Simplemente, me aburrí.

Barreiro las seguía encontrando muy divertidas, pero no insistió.

La noche en que prendieron a Armando, no había habido ningún desorden, ni estudiantil ni sindical. Ni siquiera había ganado Peñarol. La ciudad estaba en calma, y era una de esas raras jornadas sin calor, sin frío, sin viento, que sólo se dan excepcionalmente en algún abril montevideano. Armando venía por Ciudadela, ya pasada la medianoche, y al llegar a la Plaza, dos tipos de Investigaciones se le acercaron y le pidieron documentos. Armando llevaba consigo la cédula de identidad. Uno de los tiras observó que no tenía vigencia. Era cierto. Hacía por lo menos un semestre que debía haberla renovado. Cuando se lo llevaban, Armando pensó que aquello era un fastidio, se maldijo varias veces por su descuido, y nada más. Ya se arreglará todo, se anunció a sí mismo, a medio camino entre el optimismo y la resignación.

Pero no se arregló. Esa misma noche lo interrogaron dos tipos, cada cual en su especialidad: uno, con estilo amable, cordial, campechano; el otro, con expresión patibularia y modales soeces.

—¿Por qué dice tantas inconveniencias por teléfono? —preguntó el amable, dedicándole ese tipo de miradas a la que se hacen acreedores los niños traviesos.

El otro, en cambio, fue al grano.

—¿Quién es Beltrán?

—El Presidente del Consejo.

—Te conviene no hacerte el estúpido. Quiero saber quién es ese al que vos y el otro llaman Beltrán.

Armando no dijo nada. Ahora le clavarían alfileres bajo las uñas, o le quemarían la espalda con cigarrillos encendidos, o le aplicarían la picana eléctrica en los testículos. Esta vez iba en serio. En medio de su preocupación, Armando tuvo suficiente aplomo para decirse que, a lo mejor, el paisito se había convertido en una nación importante, con torturas y todo. Por supuesto tenía sus dudas acerca de su propia resistencia.

—Era sólo una broma.

—¿Ah, sí? —dijo el grosero—. Mirá, ésta va en serio.

La trompada le dio en plena nariz. Sintió que algo se le reventaba y no pudo evitar que los ojos se le llenaran de lágrimas. Cuando la segunda trompada le dio en la oreja, la cabeza se le fue hacia la derecha.

—No es nadie —alcanzó a balbucear—. Pusimos nombres porque sí, para tomarles el pelo a ustedes.

La sangre le corría por la camisa. Se pasó el puño cerrado por la nariz y ésta le dolió terriblemente.

—¿Así que nos tomaban el pelo?

Esta vez el tipo le pegó con la mano abierta pero con más fuerza que antes. El labio inferior se le hinchó de inmediato.

—Qué bonito.

Después vino el rodillazo en los riñones.

—¿Sabés lo que es una picana?

Cada vez que oía al otro mencionar la palabra, sentía una contracción en los testículos. «Tengo que provocarlo para que me siga pegando —pensó—, así a lo mejor se olvida de lo otro.» No podía articular muchas palabras seguidas, así que juntó fuerzas y dijo: «Mierda».

El otro recibió el insulto como si fuera un escupitajo en pleno rostro, pero en seguida sonrió.

—No creas que me vas a distraer. Todavía sos muy nene. Igual me acuerdo de lo que vos querés que olvide.

—Dejalo —dijo entonces el amable—.: Dejalo, debe ser cierto lo que dice.

La voz del hombre sonaba a cosa definitiva, a decisión tomada. Armando pudo respirar. Pero inmediatamente se quedó sin fuerzas, y se desmayó.

En cierto modo, Maruja fue la beneficiaria indirecta del atropello. Ahora estaba todo el día junto a Armando. Lo curaba, lo mimaba, lo besaba, lo abrumaba con proyectos. Armando se quejaba más de lo necesario, porque, en el fondo, no le desagradaba ese contacto joven. Hasta pensó en casarse pronto, pero tomó con mucha cautela su propia ocurrencia. «Con tanta trompada, debo haber quedado mal de la cabeza.»

La caricia de aquella mano cálida de pronto se detuvo. Armando abrió los ojos y allí estaban todos: el padre, la madre, Barreiro, Tito, Celia.

—¿Cómo hiciste para no hablar? —preguntaba Barreiro, y él volvía a dar la explicación de siempre: que sólo le habían dado unos cuantos golpes, eso sí, bastante fuertes. Lo peor había sido el rodillazo.

—Yo no sé qué hubiera pasado si me aplican la picana.

La madre lloraba; hacía como tres días que sólo lloraba.

—En el diario —dijo el padre— me dijeron que la Asociación publicará una nota de protesta.

—Mucha nota, mucha protesta —se indignó Barreiro—, pero a éste nadie le quita las trompadas.

Celia le había apoyado una mano enguantada sobre el antebrazo, y Maruja le besaba el trocito de frente que quedaba libre entre los vendajes. Armando se sentía dolorido, pero casi en la gloria.

Detrás de Barreiro, estaba Tito, más callado que de costumbre. De pronto, Maruja reparó en él.

—¿Y vos qué decís, ahora? ¿Seguís tan ecuánime como de costumbre?

Tito sonrió antes de responder calmosamente.

—Siempre le dije a Armandito que la política era una cosa sucia.

Luego carraspeó. Tres veces seguidas. Una larga, una corta, una larga.

Todos los días son domingo

> *Quand on est mort, c'est tous*
> *les jours dimanche.*

JEAN DOLENT

La campanilla del despertador penetra violentamente en un sueño vacío, despojado, en un sueño
que sólo era descanso. Cuando Antonio Suárez abre
los ojos y alcanza a ver la telaraña de siempre, aún
no sabe dónde está. En el primer momento le parece
que la cama está invertida. Luego, lentamente, la realidad va llegando a él, y le impone, objeto por objeto,
su presencia. Sí, está en su habitación, son las once
de la mañana, es viernes cuatro.

El sol penetra a través de la celosía y forma
impecables estrías sobre la colcha. Inexorable y ruti-
naria, la pensión organiza su ruido. Doña Vicenta dis-
cute con el cobrador del agua y sostiene que no puede
haber consumido tanto.

—Tal vez haya una pérdida —dice el cobrador.

—Pero para ustedes es una ganancia, ¿no?
—contesta ella, enojada, afónica, impotente.

Alguien tira de la cadena del cuarto de baño.
A esta hora no puede ser otro que Peralta, quien siem-

pre ha sostenido con orgullo: «En esto, soy un cronómetro.» El avión de propaganda pasa y repasa: suautoloespera endelasovera. Por qué no te morís, dice, a nadie, Antonio, también como parte de la rutina. Se sienta en la cama y el elástico cruje. Se despereza violentamente, pero debe interrumpirse porque tiene un calambre en el pie derecho. Al detenerse, tose. La boca está amarga. El pijama, limpio pero arrugado, queda sobre la cama.

Hoy no se va a bañar, no tiene ganas. Además se bañó ayer, antes de ir al diario. Ufa con el calambre. Apoya el pie sobre la cama y se da unos masajes. Por fin se calma. Mueve un poco los dedos antes de meter el pie en la zapatilla. Camina hasta la mesita donde está el primus. Le pone alcohol y lo enciende. Coloca encima la caldera, que anoche dejó con agua.

Está desnudo frente al espejo. Se pasa los dedos a los costados de la nariz, como alisando la piel. Advierte un granito y, con ayuda de la toalla, lo revienta. Abre la canilla. Entre el jabón verde y el jabón blanco, elige el verde. Se enjabona enérgica y rápidamente la cara, el pescuezo, las axilas. Luego abre al máximo la canilla y se enjuaga, mientras da grandes resoplidos y desparrama bastante agua. Se fricciona con la toalla y la piel queda enrojecida. Se lava los dientes y las encías le sangran.

Antes de empezar a vestirse, llena el mate y le echa un poco de agua, para que la yerba se vaya hinchando. Recoge el diario que alguien deslizó por debajo de la puerta y lo arroja sobre la cama. Abre a medias una persiana. No hace mucho calor y en cambio hay viento, así que cierra la ventana. Aparta un poco el visillo y mira hacia afuera. Por la vereda de enfrente pasa un cura. Después, un tipo con portafolio. Ahora, una muchachita con la cartera colgando del hombro. Pero la imagen es estorbada por la masa de un ómnibus. Seguramente un *expreso*. Por la calle Marmarajá no pasa ninguna línea. Después del ómnibus ya no hay más muchacha.

Antonio se sienta sobre la cama y se pone los calcetines, luego los zapatos. Siempre igual. Todas las mañanas se pone los zapatos antes que los calzoncillos y después éstos se le ensucian al pasar los tacos. Todas las mañanas se propone invertir el orden. Ahora ya es tarde, paciencia. La ropa interior está sobre la silla. En invierno la camiseta le aprieta en las axilas. Por eso es mejor ahora, en otoño; no hace falta camiseta. Pero hoy se pondrá camisa y corbata. Antes de ir al diario, tiene que pasar por el cementerio. Se cumplen cuatro meses.

—Antonio, tiene gente —dice, desde el patio, doña Vicenta.

El da vuelta a la llave, abre la puerta, y se hace a un lado para que pase un hombre de estatura mediana, semicalvo, fornido.

—¿Qué tal?

El recién llegado le tiende la mano y se acomoda en una de las dos sillas, la que tiene almohadón.

—¿Querés un mate?

—Bueno.

—¿A qué hora te fuiste ayer?

—Hice dos horas extra. Se armó un pastel de la gran siete.

—Por suerte yo no tuve que quedarme. Estaba reventado.

El recién llegado chupa a conciencia la bombilla. Chupa hasta que la yerba se queja.

—Está fenómeno —dice, al alcanzarle el mate a Antonio—. Vengo por encargo de Matilde.

—¿Está bien Matilde?

—Sí, está bien. Dice si querés venir a comer con nosotros el domingo.

Antonio se concentra en la bombilla.

—Mirá, Marcos, no sé. Todavía no tengo ganas de andar saliendo.

—Tampoco te podés quedar aquí, solo. Es peor.

—Ya sé. Pero todavía no tengo ganas.

Antonio se queda un rato mirando en el vacío.

—Hoy se cumplen cuatro meses.

—Sí.

—Voy a ir al cementerio.

—¿Querés que te acompañe? Tengo tiempo.

—No, gracias.

Marcos cruza la pierna y aprovecha para atarse los cordones del zapato.

—Mirá, Antonio, vos dirás que qué me importa. Pero lo peor es quedarse solo. Le empezás a dar vuelta a los recuerdos y no salís de ahí. Qué le vas a hacer. Vos bien sabés cómo queríamos nosotros a María Esther. Matilde y yo. Vos bien sabés cómo lo sentimos. Ya sé que tu caso no es lo mismo. Era tu mujer, carajo. Eso lo entiendo. Pero, Antonio, ¿qué le vas a hacer?

—Nada. Si yo no digo nada.

—Eso es lo malo, que no decís nada.

Antonio abre un cortaplumas y se pasa la hoja más pequeña bajo las uñas.

—Es difícil acostumbrarse. Son veinte años justos. Todos los días. Yo hablo poco. Ella también hablaba poco. Además, no tuvimos hijos. Eramos ella y yo, nada más. Del trabajo a casa, y de casa al trabajo. Pero ella y yo juntos. No importaba que no habláramos mucho. Una cosa es estar callado y saberla a ella enfrente, callada, y otra muy distinta estar callado frente a la pared. O frente a su retrato.

Marcos no puede evitar una mirada al portarretrato de cuero, con la sonrisa de María Esther.

—Está igualita.

—Sí, está igualita.

—La colorearon bien.

—Sí, la colorearon bien. Me la regaló cuando cumplimos quince años de casados.

Por un rato sólo se escucha el ruido de la yerba, cada vez que el mate se queda sin agua.

—¿Sabés cuál fue mi error? No haber aprendido nada más que mi oficio. No haberme preocupado por tener otro interés en la vida, otra actividad. Ahora eso me salvaría. Claro que después de una jornada de linotipo, uno queda a la miseria. Además, nunca se me pasó por la cabeza que fuera a quedarme viudo. Ella tenía una salud de roble. Yo, en cambio, siempre tuve algún achaque. Sí, la salvación hubiera sido tener otra actividad.

—Siempre estás a tiempo.

—No, ahora no tengo ganas de nada. Ni siquiera de entretenerme.

—Y al fútbol ¿no vas nunca?

—No iba ni de soltero. Qué querés, no me atrae.

Antonio pone otra vez la caldera sobre el primus, a fuego lento.

—¿Por qué no usás un termo?

—Se me rompió la semana pasada. Tengo que comprar.

Marcos vuelve al ataque.

—¿Realmente te parece conveniente seguir viviendo en la pensión?

—Son buena gente. Los conozco desde que era chico. No habrás pensado que fuera a conservar el apartamento. Allí sería mucho peor. Menos mal que el dueño me rescindió el contrato.

—A él le convino. Ahora debe estar sacando el doble.

—Pero yo se lo agradecí. No quería volver más. No he pasado ni siquiera por la esquina.

Marcos descruza las piernas. Empieza a silbar un tango, despacito, pero en seguida se frena.

—No precisa que te lo repita. En casa, el altillo está a tu disposición. Tiene luz. Y enchufe. Y no es frío. Además, tendrías toda la azotea para vos.

—No, viejo. Te lo agradezco. Pero no me siento con ánimo de vivir con nadie. Ustedes no me arreglarían. Y yo los desarreglaría a ustedes. Fijate qué negocio.

Marcos echa un vistazo al despertador.

—Las doce ya.

Se pasa una mano por la nuca.

—¿Supiste que la semana pasada estuvo el viejo Budiño en el taller? Fue en la noche que tenés libre.

—Algo me contaron.

—Se mandó el gran discurso. Aquello de poner el hombro y yo me siento un camarada de ustedes. Siempre hay alguno nuevo a quien le llena el ojo. Yo lo miraba a ese botija que entró de aprendiz. Tenés que ver cómo abría los ganchos. Parecía que estaba escuchando a Artigas. A la salida lo pesqué por mi cuenta. Pero me miraba con desconfianza. No hay caso. Eso no se puede aprender con la experiencia de otros.

—¿Viste el editorial de hoy?

—Qué hijo de puta.

—Me tocó componerlo a mí. Le encajé una errata preciosa, pero ya vi que la corrigieron.

—Tené ojo.

—Ese crápula no afloja ni cuando está enfermo.

—¿Será cierto que está enfermo?

—Dicen que sí. Algo en las tripas.

—Ojalá reviente.

Marcos deja el mate sobre la mesita, junto al primus.

—¿Te vas?

—Sí, ya que no querés que te acompañe, me voy a casa.

—¿Hoy tenés libre?

—Sí.

—Bueno, dale saludos a Matilde y decile que voy a pensar lo del domingo.

—Animate y vení, hombre.

—De aquí al domingo, hay tiempo. Te contesto en el diario.

Después que cierra la puerta, Antonio se queda un rato tirado en la cama, con los pies afuera para no manchar la colcha. Media hora después, se pone el saco y se va.

Camina sin apuro hasta Agraciada; luego, por Agraciada hasta San Martín. No recuerda si el ómnibus es 154 o 155. Una lástima no haber tenido un hijo. Aunque hubiese sido callado, tan callado como él y María Esther. Por lo menos, ahora tendría a alguien que respaldara su silencio. Edmundo Budiño. Una bazofia. ¿Será un síntoma de vida, una probabilidad de recuperación, sentir aún esta rabia tranquila? Cuando los editoriales del viejo Budiño llegan a su linotipo y no tiene más remedio que componerlos, se le revuelve el estómago. Esa capacidad para despreciar, esa insensibilidad para mentir, ese encarnizamiento para venderse, qué asco.

Es el 154: Cementerio del Norte. Tiene que hacer un esfuerzo para subir con el ómnibus en movimiento. Desalentadamente, el guarda estimula a que se corran en el pasillo. Antonio trata de avanzar, pero no puede. Una mujer ancha, con un chico en brazos, obstruye sus buenas intenciones. El chico tiene como doce años. Un hombre de *overall,* que ocupa un asiento, mira de pronto hacia arriba, ve aquel conglomerado humano y encuentra además la mirada compulsiva de la mujer, una mirada que exige un asiento. El hombre ríe, con la boca cerrada y soplando por la nariz.

—Tome asiento, señora —dice al levantarse.

La mujer se sienta y coloca al muchacho sobre sus rodillas. Las robustas piernas del chico cuelgan hacia el pasillo. El mismo hombre de *overall* aprovecha para vengarse.

—¿A dónde lleva al nene? ¿A que lo afeiten?

Las risas de los treinta y dos pasajeros sentados y los veintiocho pasajeros de pie que autoriza el reglamento municipal, cubren totalmente la acusación de guarango que, enardecida, formula la mujer. También Antonio se ríe, pero la vergüenza del muchacho le inspira lástima.

Al llegar a Larrañaga, consigue asiento. No trajo el diario. Ultimamente lee apenas los títulos, además de lo que le toca componer en el taller. Pero no es lo mismo. Tantos años de oficio; al final, todo se vuelve mecánico. Le da lo mismo componer Sociales que Deportes, Policía que Gremiales. Lo único que atrae su atención es la letra enorme, nerviosamente construida con lápiz de carbonilla, de los editoriales. Siempre vienen llenos de manchas, probablemente de grasa. Lo revuelven, pero lo atraen. En varios aspectos, son los originales más sucios que Antonio ha compuesto en su vida.

Bajan varias mujeres. Menos mal. Para descender, espera que el ómnibus se detenga totalmente. En la puerta del cementerio, se acerca al puesto de flores.

—Estas ocho pesos y éstas doce —dice el hombre por el costado del cigarrillo.

Naturalmente, es un robo. Pero no puede hacerle *eso* a María Esther. No puede ponerse a regatear.

—Deme las de doce.

Avanza por el camino central, a pasos largos. La tierra está húmeda y él no trajo zapatos de goma. Son tan parecidas las lápidas. Esa que dice: *A Carmela, de su amante esposo,* es casi igual a la que él busca y encuentra. Nada más que esto: *María Esther Ayala de Suárez.* ¿Para qué más? Antonio deposita los cartuchos. Después introduce las manos en los bolsillos del pantalón. A su izquierda, a cinco o seis metros de distancia, una mujer de saco negro, llora en silencio. Por un momento, Antonio sigue con interés aquellos estremecimientos. Después vuelve a mirar la lápida. *María Esther Ayala de Suárez.* ¿Qué más? Por la avenida central va entrando lentamente un cortejo. Ocho, diez, doce coches. Todo aquí va despacio. Aun las palabras de aquellos dos peones que preparan un pozo. *María Esther Ayala de Suárez.* La zeta negra no sigue la línea, ha quedado más abajo que el resto de las letras. Las mayúsculas son lindas. Sencillas, pero lindas. ¿Qué más? En este instante, toma la resolución de no volver. María Esther no está con él, pero tampoco está aquí. Ni en un cielo lejano, indefinido. No está, simplemente. ¿A qué volver? No sirve de nada. La mujer del saco negro se suena ruidosamente la nariz.

Antonio saca las manos de los bolsillos y empieza a caminar hacia la avenida central. Otro cortejo desemboca en la entrada. Se va acercando lentamente. Desde el interior de uno de los autos, una chiquilina, flaca y de trenzas, mira a Antonio y le muestra la lengua. Antonio espera que cierre la boca a ver si sonríe. Al fin, ella guarda la lengua, pero se queda seria.

Sólo ahora, Antonio se fija en las iniciales que ostenta la carroza: E.B. Por un instante le salta el corazón. No sabía que aún tuviese semejante vitalidad. Trata de serenarse, diciéndose a sí mismo que no puede ser, que esas iniciales no pueden corresponder a Edmundo Budiño. No es un entierro suficientemente rico. Además, cada clase tiene su cementerio, y la de los Budiños no corresponde precisamente al cementerio del Norte.

Con todo, se acerca a uno de los coches, que está momentáneamente detenido, y pregunta al chofer de la funeraria:

—¿Quién?

—Barrios —dice el otro—. Enzo Barrios.

Los bomberos

Olegario no sólo fue un as del presentimiento, sino que además siempre estuvo muy orgulloso de su poder. A veces se quedaba absorto por un instante, y luego decía: «Mañana va a llover». Y llovía. Otras veces se rascaba la nuca y anunciaba: «El martes saldrá el 57 a la cabeza». Y el martes salía el 57 a la cabeza. Entre sus amigos gozaba de una admiración sin límites.

Algunos de ellos recuerdan el más famoso de sus aciertos. Caminaban con él frente a la Universidad, cuando de pronto el aire matutino fue atravesado por el sonido y la furia de los bomberos. Olegario sonrió de modo casi imperceptible, y dijo: «Es posible que mi casa se esté quemando».

Llamaron un taxi y encargaron al chofer que siguiera de cerca a los bomberos. Estos tomaron por Rivera, y Olegario dijo: «Es casi seguro que mi casa se esté quemando». Los amigos guardaron un respetuoso y afable silencio; tanto lo admiraban.

Los bomberos siguieron por Pereyra y la nerviosidad llegó a su colmo. Cuando doblaron por la calle en que vivía Olegario, los amigos se pusieron tiesos de expectativa. Por fin, frente mismo a la llameante casa de Olegario, el carro de bomberos se detuvo y los hombres comenzaron rápida y serenamente los preparativos de rigor. De vez en cuando, desde las ventanas de la planta alta, alguna astilla volaba por los aires.

Con toda parsimonia, Olegario bajó del taxi. Se acomodó el nudo de la corbata, y luego, con un aire de humilde vencedor, se aprestó a recibir las felicitaciones y los abrazos de sus buenos amigos.

Musak

«A la porra. Y gangrena.» Así dijo, textualmente. Un disparate. Lo de «a la porra», vaya y pase. Aunque hay modos más claros de decirlo, ¿no te parece? Pero ¿«y gangrena»? Estaba sentado, como siempre, en *ese* escritorio. Había estado escribiendo a máquina, seguramente algún comentario sobre básquetbol. Al final del campeonato siempre se hace un balance de la temporada. No sé para qué. Total, siempre se opina lo mismo: no son los jugadores los culpables, sino el técnico. Dijo: «A la porra», y yo le pregunté: «¿Qué dijiste, Oribe?» No porque no hubiera entendido, sino porque lo que había entendido me parecía un poco extraño. Entonces me miró, o más bien fijó la mirada, por sobre mi cabeza, en *este* almanaque, y pronunció el resto: «Y gangrena». A partir de ese momento, ya nadie lo pudo detener. «A la porra. Y gangrena. A la porra. Y gangrena.» Llamé a Peretti y él me ayudó. Entre los dos lo llevamos a la enfermería. No opuso resistencia. Transpiraba, y hasta temblaba un poco. Yo le decía: «Pero, Oribe, viejo, ¿qué te pasa?» Y él con su cantinela: «A la porra. Y gangrena». Después de quince años de trabajar juntos (bueno, vecinos por lo menos; él *deportes,* yo *policía*), una cosa así impresiona. Sobre todo que Oribe es un tipo simpático, expansivo, que siempre está contando hasta los más insignificantes pormenores de su vida. Mirá, yo creo que conozco todos los rincones de su casa, y eso que nunca he estado allí. Los conozco, nada más que por la minuciosidad de sus descripciones. Te puedo hacer un plano, si querés. Te puedo decir qué guarda su mujer en cada cajón del trinchante, dónde deja el botija la cartera del colegio y de qué color son los cepillos de dientes y dónde esconde sus libros sobre marxismo. ¿Sabías que es bolche? Quince años de conocerlo a fondo. De repente, esto. Un golpe para todos, te aseguro. Cuando se lo contamos a Varela, se puso pálido y fue a vomitar. La impresión, sencillamente la impresión. A Laurita, la telefonista, se le llenaron los ojos de lágrimas. Y yo mismo, esa noche no probé bocado. Podés decirme: no será la primera vez que un compañero del diario cae enfermo. Claro que no. Eso pasa todos los días. Hoy un resfrío, mañana una úlcera, pasado una nefritis, traspasado un cáncer. Uno tiene preparado el ánimo para cosas así. Pero que un tipo deje de escribir a máquina y se quede mirando un almanaque y empiece a decir: «A la porra. Y gangrena», y ya no se detenga más, eso es algo que no ha pasado nunca, al menos que yo sepa. Ahora poné atención. ¿Vos sabés a que atribuye Recoba la causa del trastorno? Al musak, che. Otro disparate. Cosa más inocente, imposible. Recoba dice que a él también el musak lo saca de quicio. Recoba dice que esa melodía constante, ni cercana ni lejana, a él no lo deja trabajar porque tiene la impresión de que es como una droga, un somnífero muy sutil, cuyo cometido no es precisamente adormecer el organismo sino amortiguar las reacciones mentales, la capacidad de rebeldía, la vocación de libertad, qué sé yo. Tiene siempre preparado un gran discurso sobre el tema. A mí me parece una reverenda idiotez.

Te diré más: prefiero mil veces trabajar con musak. Es tan suave. Incluso, los temas violentos, como por ejemplo la Rapsodia Húngara o la Polonesa, en el musak quedan desprovistos de agresividad, y además yo creo que siempre agregan muchos violines, y entonces suenan casi casi como un bolero, y eso tiene efecto de bálsamo. Uno se tranquiliza. Mirá, hay días en que llego al diario con la cabeza hecha un bombo, lleno de problemas, líos de plata, discusiones con mi mujer, preocupaciones por las malas notas de la nena, últimos avisos del Banco, y sin embargo me coloco frente al escritorio y a los cinco minutos de escuchar esa musiquita que te penetra con sus melodías dulces, a veces un poquito empalagosas, lo confieso, pero en general muy agradable, a los cinco minutos me siento poco menos que feliz, olvidado de los problemas, y trabajo, trabajo, trabajo, como un robot, ni más ni menos. Total, no hay que pensar mucho. Un crimen siempre es un crimen. Para los pasionales, por ejemplo, yo tengo mi estilo propio. No me manejo con lugares comunes ni términos gastados. Nada de cuerpo del occiso, ni decúbito supino, ni arma homicida, ni vuelta al lugar del crimen, ni representantes de la autoridad, ni cruel impulso de un sentimiento de celos, nada de eso. Yo me manejo con metáforas. No pongo el hecho escueto, sino la imagen sugeridora. Te doy un ejemplo. Si un tipo le da a otro cinco puñaladas, yo no escribo como cualquier cronista sin vuelo: «El sujeto le propinó cinco puñaladas». Eso es demasiado fácil. Yo escribo: «Aquel prójimo le abrió tres surcos de sangre». ¿Captás la diferencia? No sólo le añado belleza descriptiva sino que además le rebajo *dos* puñaladas, porque, paradójicamente, así queda más dramático, más humano. Un tipo que da cinco puñaladas es un sádico, un monstruo, pero uno que sólo asesta tres es alguien que tiene un límite, es alguien que siente el aguijón de la conciencia. Claro que yo nunca escribo «aguijón de la conciencia» sino «ansia que remuerde». ¿Percibís el matiz? O sea que tengo mi estilo. Y el lector lo reconoce. Bueno, en ese sentido a mí el musak me ayuda. Y me he acostumbrado tanto a su presencia que cuando, por cualquier razón, no funciona, ese día el estilo se me achata, me sale sin metáfora. ¿Te das cuenta? Yo te digo sinceramente que para mí el caso de Oribe es muy claro. De que está loco, no me cabe duda. Pero ¿qué lo volvió loco? A mí, qué querés que te diga, me parece que su chifladura empezó con sus lecturas marxistas. Porque antes, bastante antes de su insistencia en «A la porra, y gangrena», Oribe se fue paulatinamente desequilibrando. Entonces no me daba cuenta, pero ahora uno hace cálculos. Por ejemplo, cuando Vilma, la cronista de sociales, elucubraba una nota de compromiso sobre cualquier fiesta de beneficencia, él silbaba para adentro y decía: «Yo no soy partidario de la caridad, sino de la justicia social». Iturbide lo llamaba en broma Jota Ese, por esa manía de la justicia social. Escuchá, escuchá. Ahora empezó el musak. Hoy ¿ves? está macanudo. Qué violines, ché, qué violines. Una locura, arremeter contra la caridad. Decime qué de malo hacen las pitucas veteranas jugando al rummy de beneficio. Y otra cosa. Una noche, cuando yo bajaba al taller para armar mi página (como para olvidarme: fue nada menos que aquel lunes en que el bichicome de Capurro, «incalificable sujeto» escribieron mis colegas, pero yo puse «patética escoria humana», atropelló y violó *sur le champ* a la cuñadita del senador Fresnedo), escuché en la escalera cómo Oribe le decía al Doctor (asombrate, al Doctor): «Lo que pasa es que usted es oligarca hasta cuando eructa». Decime un poco, ¿eso es normal? Hoy el musak está suavecito como nunca. Debe ser en homenaje a vos. A ver si me visitás más a menudo. Jubilado y todo, pero esto ¿eh? siempre te tira. Fijate en esa cadencia. ¡Cómo va a ser la música la causa del trastorno! Escuchá ese clarinete. Es el tema de *Night and Day,* ¿te acordás? Aunque pienso que no me importa reconocer o no el tema. Lo esencial es que suene. Y que te tranquilice. ¿A vos no te tranquiliza? Claro como el agua que fue el marxismo lo que lo enloqueció. Otra vez me dijo que el deporte era una anestesia que se le daba al pueblo para que no pensara en cosas más importantes. ¿Te parece que el fútbol es una anestesia? Escuchá esa trompeta. Así, amortiguada, parece que le suena a uno en el cerebro. Y en realidad, yo creo que suena en el cerebro. Mirá, justo aquí, donde tengo el remolino. Qué querés, yo soy un fanático del musak, y no me avergüenzo. Un fanático del musak, sí señor. Escuchá esa guitarra eléctrica. Bárbara ¿no? Pero qué importancia tiene que sea eléctrica o no. Un fanático del musak. ¿Vos no? ¿Vos no sos un fanático? Ah ¿no? Entonces ¿querés que te diga una cosa? Escuchá, escuchá qué trémolo. ¿Te diga una cosa? Andate a la porra. Eso es: a la porra. Y gangrena. A la porra. Y gangrena. A la porra. Y gangrena. A la porra. Y gangrena. A la porra. Y gangrena.

La expresión

Milton Estomba había sido un niño prodigio. A los siete años ya tocaba la Sonata N.º 3, Op. 5, de Brahms, y a los once, el unánime aplauso de crítica y de público acompañó su serie de conciertos en las principales capitales de América y Europa.

Sin embargo, cuando cumplió los veinte años, pudo notarse en el joven pianista una evidente transformación. Había empezado a preocuparse desmesuradamente por el gesto ampuloso, por la afectación del rostro, por el ceño fruncido, por los ojos en éxtasis, y otros tantos efectos afines. El llamaba a todo ello «su expresión».

Poco a poco, Estomba se fue especializando en «expresiones». Tenía una para tocar la Patética, otra para Niñas en el Jardín, otra para la Polonesa. Antes de cada concierto ensayaba frente al espejo, pero el público frenéticamente adicto tomaba esas expresiones por espontáneas y las acogía con ruidosos aplausos, bravos y pataleos.

El primer síntoma inquietante apareció en un recital de sábado. El público advirtió que algo raro pasaba, y en su aplauso llegó a filtrarse un incipiente estupor. La verdad era que Estomba había tocado la Catedral Sumergida con la *expresión* de la Marcha Turca.

Pero la catástrofe sobrevino seis meses más tarde y fue calificada por los médicos de amnesia lagunar. La laguna en cuestión correspondía a las partituras. En un lapso de veinticuatro horas, Milton Estomba se olvidó para siempre de todos los nocturnos, preludios y sonatas que habían figurado en su amplio repertorio.

Lo asombroso, lo realmente asombroso, fue que no olvidara ninguno de los gestos ampulosos y afectados que acompañaban cada una de sus interpretaciones. Nunca más pudo dar un concierto de piano, pero hay algo que le sirve de consuelo. Todavía hoy, en las noches de los sábados, los amigos más fieles concurren a su casa para asistir a un mudo recital de sus «expresiones». Entre ellos es unánime la opinión de que su *capolavoro* es la Appasionata.

Datos para el viudo

1

Hubiera deseado que no quedase nadie, que todos —los ofendidos, los desconcertados, los alegres— estuvieran de nuevo en sus casas suspirando de tranquilidad porque la complicación era de otros, y no arriesgaban nada, conversando con sus mujeres, sus hijos, sus sirvientas, acerca de esa muerta que él les había ofrecido, lo bastante joven como para traer alusiones románticas o fastidiosas citas de un Manrique chacoteado, lo bastante hermosa como para provocar algún brinco de vigor en sus cansados lechos conyugales después de leer el crimen cotidiano, ya que él, Jaime Abal, les había dado su muerte sin excusarse, sin importarle mucho que se la llevaran, como quien ofrece un aperitivo a los amigos, y ellos, después de contemplar su nariz afilada, sus labios de cartón amarillo, sus pómulos hoscos, todavía desafiantes, se acostumbraron de inmediato a su ausencia, la aprendieron, casi la reanudaron; pasaban junto a él, tartamudeaban algo, le estrechaban la mano, y hasta hubo una voz —¿de quién?— inesperadamente sincera, que supo decirle: «No hay consuelo», y entonces él, que venía respondiendo alternativamente: «Es horrible», «Gracias», «Es horrible», «Gracias», sin preocuparse del rumbo exacto de cada pésame, sintió una suerte de alivio, se dio cuenta de que al fin respiraba porque alguien había pronunciado su única verdad, la sola ley vigente de un nuevo, áspero código, al que era necesario acostumbrarse y con el cual era preciso convivir como si fuera una presencia de carne y hueso, una socia oculta y sin embargo terriblemente poderosa, porque eso era la muerte de ella, la vacilante, insegura muerte joven que se había resistido a ser nombrada, a escuchar su tímido reclamo, porque no podía ser, porque ella misma parecía tener lástima de su propia actitud, de su encogida búsqueda del fin, como si existiera aún en el pasado una esperanza inmóvil que jamás nadie podría anular, una posibilidad que ni se alejase ni viniese en su busca, pero a la que acaso fuera posible acertar en esa partida de azar estricto, rabiosamente leal, que juegan los supersticiosos frente a sí mismos, como si en el futuro quedaran disponibles un viaje, una fiesta, un accidente, cualquier cosa que abriera de golpe el tupido presente, iluminándolo, dejándolo libre de la forzosa y forzada voluntad, de una desesperación espuria y conocida, dejándolo libre, dejándola libre —¿por qué no?— de Jaime Abal, y esa sospecha interceptaba cada posible obtención del consuelo, porque nada se sabe, porque siempre es innoble forcejear con la propia conciencia, porque para ver claro habría sido inútil que no quedase nadie.

2

«Eso es todo —pensó Jaime Abal— pero ¿por qué? Ya estoy de vuelta, inerme y repetido. Me han amputado una mujer, eso es todo. Pero ¿por qué? Aguardé a que se acomodara voluntariamente, a que se comprometiera en mi mundo como yo me había comprometido en el suyo. ¿Juventud frustrada? Puede ser. Pero no siempre es dable elevarse, afirmarse sobre los demás, oír a desconocidos pronunciar nuestro nombre; no siempre es posible convertirse en alguien. Tal vez se equivocara acerca del amor. Pero el nuestro tuvo alguna vez un sentido.»

Sólo habían quedado su madre y Ramona. A los demás les pidió que se fueran. Desde allí, sentado frente al escritorio, escuchaba el trajín de la madre, haciendo con rapidez el trabajo diario que *ella* había cumplido siempre lentamente, con acompasado desgano.

Nada se movía en aquel mezquino espacio. El ruido de la calle se elevaba hasta este decimosexto piso como un opaco, enfurruñado rumor, y sólo alguna bocina, que allá abajo quizá fuera estridente, llegaba de vez en vez como un grito lejano, como un débil llamado arrepentido.

De un momento a otro entraría la madre con el té. Se lo había hecho anunciar por Ramona: «Dice la señora mayor que usted debe tomar algo, que no puede seguir así». En el oscuro rostro de la mujer, un poco ajado de tanto lloro, de tanto comentario en la cocina acerca de la señora Marta y otras muertas, había intentado abrirse paso la sonrisa servil, los dientes blanquísimos, pero un viejo mohín de llanto, refractario a toda plausible serenidad, había aflojado otra vez los resortes de aquella cara simple y compasiva.

Miró, en la biblioteca, los anchos lomos encuadernados en piel. Eso también era todo hasta ayer. Siempre que llegaba de la oficina, con el olor de la calle aplastado en la ropa, en el rostro, en las manos, como si fuese el único enemigo del mundo, acorralado. sediento. incapaz de soportar un solo bandazo más de humanidad, entonces la simple presencia inerte de esos libros, de esos mundos posibles acechando su vuelta, bastaba para calmarlo, para hacerle olvidar la penuria del día. Se quedaba leyendo en el estudio, hasta medianoche. Se prometía mucho menos; en realidad, mentía prometerse. Pero cuando se acostaba, ella estaba durmiendo. ¿Sería esa culpa la razón del castigo? ¿Qué era en definitiva esta muerte? ¿Un reproche? ¿Un perdón? ¿Simplemente un silencio?

Sobre el hombro izquierdo, sonó la voz acostumbrada de la madre: «Aquí está el té. Tenés que tomar algo, Jaime, no podés seguir así».

3

«¿Pero quién es? ¿Cómo es?», preguntó Jaime. «Dice que se llama Pablo Pierri y que usted no lo conoce.» «¿Que no lo conozco?» «Así dijo. Y también que quiere hablarle de la pobre señora.» ¿Quién podría? «Bueno, que pase.»

Mientras Ramona iba en busca de Pierri, Jaime pensó que ese intruso iba a llevarlo a una zona prohibida, sin luz, y experimentó cierta repugnancia hacia su propia curiosidad inevitable.

Pero el hombre apareció y no era antipático. Algo más bajo que Jaime, de unos treinta a treinta y cinco años, con ojos oscuros y pelo rubio, sin entradas. El traje era gris, de confección; la camisa, blanca y barata; los zapatos, marrones y sin lustre. Pero el conjunto, inesperadamente, no irradiaba vulgaridad. Metido sin mayor compromiso en aquella ropa que contrastaba con su pulcra afabilidad, Pierri sometía instantáneamente a su interlocutor, aunque éste estuviese, como Jaime, incómodo y aletargado. Jaime adivinaba, además, que el inseguro equilibrio de su mutua presentación, de las primeras palabras medidas por la costumbre, del examen recíproco de sus reacciones, se habría roto inevitablemente con la sola, imposible presencia de Marta. Su muerte neutralizaba toda violencia, suavizaba las cosas hasta el punto de que él pudiera encontrar tolerable que un tipo cualquiera, un desconocido llamado Pierri, pusiera a su disposición un pasado inédito, una vida marginal, otra Marta.

«Usted no esperaba este sufrimiento», decía ahora, «y por eso se encuentra indefenso, con un poco de dolor y otro poco de miedo. No sé si me explico: miedo a la soledad. ¿O acaso me equivoco?» «Sí, se equivoca», dijo Jaime, con esfuerzo, «se equivoca por completo. Es cierto que todavía no he alcanzado el verdadero punto de separación con la vida de Marta, con mi hábito de Marta que sale a mi encuentro cuando menos lo espero, pero aun así puedo asegurarle que estoy tan lejos del dolor como del miedo. Fíjese que la soledad ya no tiene importancia. No tengo a quien referirla. Más bien estoy perplejo.» «Una mera variante del miedo o, acaso, un anticipo. Cuando se quede sin sorpresa, enfrentado a su propia alma, a la desaparición de su dolor, flotando en el alivio de saberse consolado, no se irrite aún. Todavía no habrá terminado con ella, con usted mismo en tiempo de ella. Le quedará su miedo, su miedo sin sorpresa, definitivo, inmóvil.» «Pero ¿miedo a qué?» «Usted dice que la soledad no tiene importancia. Y es natural que lo diga, porque está sin impulso, porque este repentino abismo en la costumbre le ha henchido de una serenidad desusada, le ha permitido encontrarse más fuerte de lo que alguna vez esperó, y en medio de todo se mira tranquilo y sin fastidio. Pero cuando deje atrás esta zona que podríamos llamar de depresión eufórica, usted verá cómo resbala sin más hacia el futuro, sin que ninguna voluntad alcance a detenerlo.»

Un repentino enojo se apoderó de Jaime. En realidad, la situación era bastante absurda: que un desconocido se permitiera rezongarle, advertirle, señalar su posible trayectoria, prohibirle las disculpas, los efugios corrientes, personales. Pero lo que más le enojaba era reconocer que, de a poco y sin quererlo, iba admitiendo la credibilidad de la advertencia. «Bueno», dijo amoscado, «todos resbalamos hacia el futuro». «Sí», replicó el otro, sin pausa, «pero éste puede ser atroz. Usted sabrá entonces que es posible revivir, volver a sentir la dureza, la fuerza recurrente de la vida. Y sólo allí temerá la soledad, porque si una vez usted estuvo vinculado a una mujer, y esa mujer sin embargo pasó, y después de ella usted no puede referir a nadie su soledad, también sabrá que cada vez que quiera a otra mujer, ésta pasará, y usted se quedará sin nadie a quien referir su soledad. ¿O acaso pretende que exista una soledad más sola, más interminablemente hundida en el futuro? En realidad —agregó sonriendo— es admisible que se sienta miedo.»

Se produjo un silencio corto, suficiente sin embargo para que Jaime buscara otra salida. «Usted... ¿conoció a Marta?» No bien lo dijo, comprendió que su impaciencia era un modo de confesarse humillado. No debía haberlo preguntado. Pero ya era tarde. Pierri ya estaba respondiendo: «Hace muchos años que conocí a su mujer.» «Ah.» «Pero nunca la perdí de vista.» El tipo se mostraba ahora más cordial que nunca; no era posible rechazarlo. «Por favor», dijo Jaime. Estaba sentado ominosamente en el sofá, pero enrojeció como si hubiese caído de rodillas y tuviera sólo a cinco centímetros de sus ojos los zapatos sin lustre del intruso. «Por favor, hábleme de ella.» «Naturalmente», dijo Pierri, dueño de sí mismo, de la habitación, de Jaime, del pasado, «pero antes de hablarle de Marta, es preciso que le hable de Gerardo.»

4

«Gerardo solía pegarme», dijo Pierri, «no obstante, yo no tenía suficientes razones para quererle mal. Me llevaba dos años y algunos viciosos brotes de ventaja. Fumaba, tenía un gran repertorio pornográfico, conocía los gestos obscenos de más éxito. Sin embargo, yo experimentaba un apacible interés por su futuro inmediato y expuesto. A menudo tuve la sensación de que ocultaba su pureza como si fuese una llaguita, una de esas lastimaduras que nunca acaban de curarse y se transforman con el tiempo en obsesiones. Recuerdo que habíamos ido hasta la carretera. A las siete pasaba el autobús de Montevideo, y Gerardo debía recoger un paquete de libros. Echado en el pasto, yo me sentía contento. Se me había dormido una pierna y el filo del terraplén me arruinaba los riñones, pero el cielo cercano y malva me rozaba los ojos. Claro que Gerardo prefería hablar, y esa tarde, sorpresivamente, se embarcó en confidencias. Con cierto aburrimiento, consciente tan sólo de que estaba desbaratando mi silencio, yo lo escuchaba murmurar. De pronto me enteré de las palabras, me di cuenta de que se ponía cochino, que me relataba sus vicios solitarios, y, sin yo desearlo en absoluto, me sentí enrojecer. Entonces me miró, me gritó ¡idiota! y me pegó dos veces en la cara, con la mano abierta. Ahí perdí toda la vergüenza y me puse a reír. Por un lado, no tenía ánimos para responder a su reacción, y por otro, era quizá la mejor salida, la más barata.

Luego vino el ómnibus, recogimos los libros, y nos fuimos sin ganas de hablar, deseando separarnos. No le guardé rencor. Comprendí que, sencillamente, yo le había fallado. Había intentado mostrarme su vida culpable, clandestina, y cometí el doble error de avergonzarme y avergonzarlo. De modo que los golpes estaban bien y pensé que quedábamos a mano. Pero sospecho que él nunca me lo perdonó. Otra vez hablábamos de mi madre. Mi madre era alta, naturalmente encorvada, y a mí me provocaba una tierna desazón verla aún más inclinada sobre los canteros de nuestro jardincito, donde ella decía que mataba el tiempo y donde realmente el tiempo la mataba. Gerardo no tenía madre y experimentaba una admiración un poco agria hacia la mía. De modo que yo no me demoraba en tibios escrúpulos al contarle mis recuerdos de ella, mis cercanísimos recuerdos de aquella mañana, de aquel mediodía, de esa misma tarde, antes de que perdieran su vida aislada y empezaran a fundirse con los otros recuerdos normalmente incorporados a mi afecto. No entiendo eso, dijo. Quise entonces pormenorizarle la anécdota: cómo había espiado a mi madre desde una rendija del galpón; cómo ella, creyéndose sola, se había detenido ante unas rosas abatidas, y las había mirado, simplemente mirado. No entiendo, repitió. Apelando entonces a un inconsciente fondo de crueldad, recurrí a una subdivisión de pormenores: cómo su mirada había recorrido las rosas, cómo había en su actitud algo de amargura, de insólita depresión frente a aquella ausencia repentina de dolor, de belleza, de vida. De pronto Gerardo se me vino encima, fuera de sí, dispuesto a todo, y entonces comprendí que ahora sí había entendido. Sin embargo, lo peor fue con Marta. Marta era más o menos de mi edad. Parecía mayor cuando entornaba los párpados y los labios se le movían casi imperceptiblemente, como si pronunciaran ideas en lugar de palabras. A veces salíamos los tres en bicicleta. Marta era muy nerviosa. Siempre que aparecía un vehículo en sentido contrario, era posible distinguir un rápido temblor en su bicicleta, como si vacilase entre arrojarse bajo las ruedas que se acercaban, o tirarse directamente a la cuneta. En esos casos yo sabía lo que tenía que hacer: me adelantaba por la izquierda, colocándome entre su máquina y el paso del vehículo, de modo que pudiese sujetarla o por lo menos propinarle un empujón hacia la derecha. Fue eso precisamente lo que pasó esa tarde. El autobús venía inclinado hacia nuestro lado y eso aumentó la nerviosidad de Marta. La vi vacilar dos veces amenazadoramente. Cuando el ómnibus estaba ya sobre nosotros, levantó los brazos aterrorizada. Se caía sin remedio y preferí empujarla a la cuneta. Gerardo, que iba adelante y se había dado vuelta, alcanzó a distinguir mi ademán, no mi intención. Bajó de la bicicleta y contempló el cuadro que formábamos. Marta, sucia de barro, con las rodillas ensangrentadas; yo, pasmado como un imbécil, sin atinar a ayudarla. Gerardo vino, le limpió las rodillas como pudo, y acercándoseme, sin decir nada, casi tranquilo, me dio un tremendo puñetazo en la sien. No sé qué hizo Marta ni qué dijo, si es que dijo algo. Creo recordar que subieron de nuevo en sus bicicletas y se fueron despacio, sin mirarme. Quedé un poco mareado, con la impresión de que todo aquello era un malentendido. No me era posible sentir odio por un malentendido, por algo que más tarde seguramente se aclararía. Pero nunca se aclaró. Nunca supieron ellos que quedé ahí llorando, desconcertado, hasta que la noche me entumeció de frío.»

5

«Mi casa quedaba frente a la parada ferrovia-
ria», decía ahora Pierri, «la de Gerardo, a una legua
de la mía. Sólo la de Marta daba a la carretera. Lo
que nos unía, lo que teníamos en común, era nuestro ocio, nuestro tiempo vacío. No sabíamos hablar,
no teníamos tema, no deseábamos nada; nuestra vida
se formaba de excursiones improvisadas, de vagabun-
deos, de juegos ásperos. A Marta la tratábamos como
a otro varón. En los años de colegio, habíamos ido
juntos hasta el pueblo. Ahora que todo el tiempo era
nuestro, compartíamos los mutismos, el río, las ca-
minatas. Gerardo vivía con unos tíos acomodados, que
poco o nada se ocupaban de él. La familia de Marta
tenía en ese entonces (cuando usted la conoció, ya
lo habían vendido) un lindo chalet, con un auto y dos
perros en el jardín, y tres o cuatro mujeres en la cocina. Pero los padres permanecían en Montevideo semanas enteras, durante las cuales nada estorbaba la
libertad de Marta. En cuanto a mí, vivía con mi madre en la casa *que le había puesto* Don Elías, un es-
tanciero que según decían todos había sido mi padre
y ahora descansaba en el cementerio de la cuchilla.
Yo pensaba que eso no era cierto, primero porque mi
madre nunca me hablaba de él, y luego porque en
Los Arrayanes envejecía aún la viuda de don Elías con
sus cuatro hijos varones. Yo no sabía de dónde venía
la plata. Sin embargo, vivíamos pasablemente sin que
ni mi madre ni yo tuviéramos que esforzarnos. No so-
braba nada; tampoco faltaba. Después que abandoné
el colegio, fui durante unos años el vago más integral
de la región. Se me veía en el galpón, leyendo nove-
lones que me prestaba Gerardo o tirado en el pasto,
contemplando el cielo, de puro holgazán, o subido
al ombú, frente a la cocina. Mi placer mayor consis-

tía en la bicicleta, en ir en busca de Marta o de Gerardo o en que ellos pasaran a buscarme. Cuando Gerardo enfermó, íbamos a verlo cada dos o tres días. Lo hallábamos suave, casi desconocido. Nunca supe por qué, pero parecía como si la fiebre le volviera dulces los ojos y la voz. Nos hablaba despacio, sin torpeza, con una ternura nada convencional, mostrando una imprevista aptitud para la paz, para la fantasía. Cierta tarde llegó a tomarnos una mano a Marta y otra a mí, y murmuró: '¡Ah, viejos!', rodeándose de una sonrisa tan desaforada que nos dejó con miedo, con recelo. Cuando salíamos, Marta dijo que lo encontraba raro. Yo opiné que sería la fiebre. Pedaleamos unos diez minutos. El camino estaba desierto. Atrás, en la cuchilla, podía verse el sol en su brillo penúltimo. Los árboles que íbamos pasando quedaban grises, como si imitaran —con pesadez, sin imaginación— sus propias siluetas del mediodía. Delante de mí, Marta se dejaba ir en un declive. Por primera vez tuve noción de su edad, de su sexo, de su libertad, de su pelo castaño. Quedé hipnotizado por aquellas desgarbadas, tiesas pantorrillas que mantenían firmes los pedales. Sentí que me aflojaba, que perdía las fuerzas en el descubrimiento. En ese instante, Marta, desprevenida, dio vuelta la cabeza y encontró mi asombro, mi pregunta, todo mi ser cambiado. Se fue irremediablemente a la cuneta. Cuando me detuve para ayudarla, cuando tartamudeamos algo acerca de la rueda averiada, cuando reanudamos la marcha sin mirarnos, yo sabía que la amistad había concluido, y ella también sabía que empezaba otro odio, otra riña, otro juego. Desde entonces, si iba a ver a Gerardo enfermo, me gustaba ir solo, de mañana temprano, cuando únicamente podía cruzarme con los tres o cuatro obreros de la fábrica de aceite que dejaban el turno de la noche. Acababa de descubrir, o quizá de inventar, la sinrazón de mi ocio, y me gustaba cavilar sobre lo poco que había hecho, sobre lo mucho que pensaba hacer. Mientras pedaleaba, recorría, sólo ahora consciente, la relativa paz económica de mi madre, el nombre sin recuerdos de don Elías, mi incansable, tediosa holgazanería. Me venía entonces una bocanada de vergüenza, de vida inútil. Deshonesto, me sentía deshonesto. Por mi madre, por mí, por la inexistencia de don Elías, que ya estaba bien muerto. Todavía no había juntado fuerzas para recostarme en un símbolo más importante, para conseguir el atrevimiento que me pusiera a salvo. Todavía me parecía inevitable un tímido porcentaje de procacidad, de desvergüenza. No me desesperaba, porque en realidad no estaba endurecido; mis vicios de pensamiento, mis hábitos de poca cosa, estaban huecos de pasión, equivalían tan sólo a una dirección elegida al azar, como si el bien y el mal hubieran tenido partes iguales en ese antiguo futuro que era difícil reconquistar en su pureza, como si el mal hubiese venido a mí clandestinamente, miserablemente, por la espalda, sin dejarme lugar a una sola pregunta. El mal era mi nacimiento, la plata de don Elías, el silencio de mi madre, los golpes de Gerardo. El mal era cualquier cosa absurda, reiterada, insufrible; era una crisis en mis relaciones entre el mundo y yo, entre Gerardo y yo, entre Marta y yo. Era el deseo de olvidarme y también el ridículo que amenazaba ese deseo. Era la conciencia desvaída, con sus deliberadas omisiones y sus temblores de entresueño. Era, en fin, lo que Marta decía. Sí, Marta —todavía disponible, equivocada, grave— había echado la cabeza hacia atrás, había esperado que yo deseara su gesto, se había concedido aun una breve postergación de mi imagen suya, antes de desaparecer, antes de convertirse en otra. Sólo entonces dijo: 'Y además está lo de tu madre'. Todo lo otro, pues, lo que había estado enumerando durante casi media hora (sus futuros estudios, nuestras edades, las prevenciones de sus padres, mi ineptitud general para lo útil) eran meros subproductos del *no puede ser* inicial, pero en cambio esto, lo de mi madre, era algo grave, sólido, cierto, era el *no puede ser* en su brutal franqueza. Lo de mi madre era yo mismo, la plata de don Elías, la imposibilidad de que la hija del agrimensor y el hijo de la puta se dieran la mano y se contaran los dedos, como hacen los idiotas y los felices. Así, pues, si iba a ver a Gerardo enfermo, de mañana temprano, bajo un cielo clemente, empalagoso, convenciéndome de que no era un deber, sabiendo que yo estimaba más al violento de antes que a este melifluo febril que me recibía sereno, casi como una hermana, y me decía señalando el sillón verde: 'Vení, sentate aquí', si iba a verlo era porque sabía que al final tendría que decírselo, que mi secreto surgiría inevitablemente en algún forzoso silencio que aún me faltaba elegir. Pero esa vez el silencio se eligió a sí mismo. Lo vi formarse, anunciarse ostensiblemente en las cadencias del diálogo, en la dirección latente de las palabras. Fue cuando iba a estallar, cuando había apoyado mis brazos en los besuqueantes pajaritos de la colcha, fue precisamente cuando yo iba a empezar: 'Debo hablarte de Marta', que él se incorporó afirmando los codos sobre la almohada, me miró sin asombro, con todo el rostro, tan prolijamente como si estuviera contándome los granos, las pequeñas arrugas, y comenzó a decirme: 'Debo hablarte de Marta'.»

6

Ya hacía un buen rato que Pierri se había despedido con un breve apretón de manos. Ni amistad ni reconciliación; ni siquiera cortesía. Fue simplemente el obligado restablecimiento de esa nada que había existido entre ellos, la vuelta a las mismas preguntas, al peor aislamiento. De modo que ella tampoco había querido a Pierri. De modo que éste no era el enemigo. De modo que —al menor Pierri así lo aseguraba— ella tampoco había querido a Gerardo. «El se restableció lentamente», había dicho Pierri, «pero yo no fui más. Marta sí lo siguió viendo, aunque aparentemente no le importaba mucho. A decir verdad, no sé cuándo ni cómo Gerardo le habrá hecho el amor. No los vi juntos hasta un año después, una tarde que había baile en el pueblo. Ellos nunca iban, yo tampoco. Pero esa vez fui con dos muchachas.» Qué diferente cuando ella le dijo, antes de casarse, no eres el primero, qué diferente contestar no importa, total todo era prisa y desnudarla, qué diferente a imaginarla ahora junto a hombres concretos, altos, bajos, imberbes con caritas de manzana y granos asquerosos, y otros más varoniles, con duros ojos de codicia y manos que no imaginan, manos que recorren simplemente la carne. «Las dejé bailando porque estaba aburrido y deseaba que la noche terminara cuanto antes. Entré en aquella pieza porque la confundí con otra que oficiaba de guardarropa, y encendí la luz. Me di vuelta tan rápido, que ellos, abrazados, besándose, no tuvieron tiempo de separarse. Estaban tan juntos que...»

En ese instante él se había puesto de pie y había dicho: «Bueno, basta», y luego, ante el silencio desganado del otro: «Ahora, váyase.» Entonces Pierri le había dado la mano. Las comisuras de los labios se le levantaban, como si no pudiera dejar de sonreír. «No lo tome así. Aunque no le otorgue mayor tranquilidad, puedo asegurarle que ella no quiso nunca a Gerardo. Pero digamos mejor que ella nunca quiso a Gerardo más de lo que pudo quererlo a usted. Y si esta afirmación le sigue apareciendo aventurada, digamos entonces que a Gerardo no lo quiso más que a mí.»

7

mis proyectos, pero ahora ¿qué pasa, qué me pasa? No puedo aguantar su educada tolerancia, no puedo aguantarlo así, todo lecturas, metido siempre en su asquerosa humildad, en su contenida rebelión. ¿Por qué contenida, Dios mío? Miseria de mártir, con sus empalagosos ojos de agachado, de fugitivo, de advertido. ¿Qué tengo yo que ver con ese huesudo cuerpo ajeno, con esas manos sudorosas, con ese disculpable disculpado? No quiero un sedante, no quiero un tipo que me mire con ojos de ternero. Quiero un hombre en la cama. Ana, tú lo sabes, ya no tenemos veinte años para que nos desinfectemos después de manosear los pecados capitales. La cosa es destruirnos o lograrlo. Pero ¿podré contra estos solitarios envilecidos, modestos sacerdotes viscerales, contra estos crápulas irreprochables, Jaime, la madre, los amigos? Después de todo, acaso usemos y defendamos morales opuestas, acaso la de ellos y la mía sean éticas de mercachifle. Pero lo cierto es que no puedo seguir este engaño. No existen trampas para cazar el afecto. Te diré más, no tengo interés en cazarlo. Estoy virtualmente llena de odio y, lo que es peor, he empezado a disfrutarlo. Me gusta ofenderle, hacerle patente su ignorancia de mí, me gustar derribar sus escasos impulsos, sus pocas ambiciones. ¿Si te dijera que a veces quisiera verle caído, caído para siempre, con una bala entre los ojos, despatarrado, inerte? También hay días en que aspiro a que la bala sea para mí. Ana, yo no he tenido suerte. No quiero blasfemar, pero sólo pienso barbaridades, cosas demasiado obscenas acerca de Dios y su cortejo. Yo no he tenido suerte, Ana. Y eso no me da tristeza sino rabia. Y más rabia me da que él desconozca que no he tenido suerte, que ignore lo de Gerardo, lo de Pierri, lo de Luis María. Lo de Luis María, especialmente, porque ignorando eso lo desconoce todo. ¿Puedo acaso

A imagen y semejanza

Era la última hormiga de la caravana, y no pudo seguir la ruta de sus compañeras. Un terrón de azúcar había resbalado desde lo alto, quebrándose en varios terroncitos. Uno de éstos le interceptaba el paso. Por un instante la hormiga quedó inmóvil sobre el papel color crema. Luego, sus patitas delanteras tantearon el terrón. Retrocedió, después se detuvo. Tomando sus patas traseras como casi fijo punto de apoyo, dio una vuelta alrededor de sí misma en el sentido de las agujas de un reloj. Sólo entonces se acercó de nuevo. Las patas delanteras se estiraron, en un primer intento de alzar el azúcar, pero fracasaron. Sin embargo, el rápido movimiento hizo que el terrón quedara mejor situado para la operación de carga. Esta vez la hormiga acometió lateralmente su objetivo, alzó el terrón y lo sostuvo sobre su cabeza. Por un instante pareció vacilar, luego reinició el viaje, con un andar bastante más lento del que traía. Sus compañeras ya estaban lejos, fuera del papel, cerca del zócalo. La hormiga se detuvo, exactamente en el punto en que la superficie por la que marchaba, cambiaba de color. Las seis patas hollaron una N mayúscula y oscura. Después de una momentánea detención, terminó por atravesarla. Ahora la superficie era otra vez clara. De pronto el terrón resbaló sobre el papel, partiéndose en dos. La hormiga hizo entonces un recorrido que incluyó una detenida inspección de ambas porciones, y eligió la mayor. Cargó con ella, y avanzó. En la ruta, hasta ese instante libre, apareció una colilla aplastada. La bordeó lentamente, y cuando reapareció por el otro lado del pucho, la superficie se había vuelto nuevamente oscura porque en ese instante el tránsito de la hormiga tenía lugar sobre una A. Hubo una leve corriente de aire, como si alguien hubiera soplado. Hormiga y azúcar rodaron. Ahora el terrón se desarmó por completo. La hormiga cayó sobre sus patas y emprendió una enloquecida carrerita en círculo. Luego pareció tranquilizarse. Fue hacia uno de los granos de azúcar que antes habían formado parte del medio terrón, pero no lo cargó. Cuando reinició su marcha, no había perdido la ruta. Pasó rápidamente sobre una D oscura, y al reingresar en la zona clara, otro obstáculo la detuvo. Era un trocito de algo, un palito acaso tres veces más grande que ella misma. Retrocedió, avanzó, tanteó el palito, se quedó inmóvil durante unos segundos. Luego empezó la tarea de carga. Dos veces se resbaló el palito, pero al final quedó bien afirmado, como una suerte de mástil inclinado. Al pasar sobre el área de la segunda A oscura, el andar de la hormiga era casi triunfal. Sin embargo, no había avanzado dos centímetros por la superficie clara del papel. cuando algo o alguien movió aquella hoja y la hormiga rodó, más o menos replegada sobre sí misma. Sólo pudo reincorporarse cuando llegó a la madera del piso. A cinco centímetros estaba el palito. La hormiga avanzó hacia él, esta vez con parsimonia, como midiendo cada séxtuple paso. Así y todo, llegó hasta su objetivo, pero cuando estiraba las patas delanteras, de nuevo corrió el aire y el palito rodó hasta detenerse diez centímetros más allá, semicaído en una de las rendijas que separaban los tablones del piso. Uno de los extremos, sin embargo, emergía hacia arriba. Para la hormiga, semejante posición representó en cierto modo una facilidad, ya que pudo hacer un rodeo a fin de intentar la operación desde un ángulo más favorable. Al cabo de medio minuto, la faena estaba cumplida. La carga, otra vez alzada, estaba ahora en una posición más cercana a la estricta horizontalidad. La hormiga reinició la marcha, sin desviarse jamás de su ruta hacia el zócalo. Las otras hormigas, con sus respectivos víveres, habían desaparecido por algún invisible agujero. Sobre la madera, la hormiga avanzaba más lentamente que sobre el papel. Un nudo, bastante rugoso, de la tabla, significó una demora de más de un minuto. El palito estuvo a punto de caer, pero un particular vaivén del cuerpo de la hormiga aseguró su estabilidad. Dos centímetros más y un golpe resonó. Un golpe aparentemente dado sobre el piso. Al igual que las otras, esa tabla vibró y la hormiga dio un saltito involuntario, en el curso del cual perdió su carga. El palito quedó atravesado en el tablón contiguo. El trabajo siguiente fue cruzar la hendedura, que en ese punto era bastante profunda. La hormiga se arrimó al borde, hizo un breve avance erizado de alertas, pero aun así se precipitó en aquel abismo de un centímetro y medio. Le llevó varios segundos rehacerse, escalar el lado opuesto de la hendedura y reaparecer en la supeficie del siguiente tablón. Ahí estaba el palito. La hormiga estuvo un rato junto a él, sin otro movimiento que un intermitente temblor en las patas delanteras. Después llevó a cabo su quinta operación de carga. El palito quedó horizontal, aunque algo oblicuo con respecto al cuerpo de la hormiga. Esta hizo un movimiento brusco y entonces la carga quedó mejor acomodada. A medio metro estaba el zócalo. La hormiga avanzó en la antigua dirección, que en ese espacio casualmente se correspondía con la veta. Ahora el paso era rápido, y el palito no parecía correr el menor riesgo de derrumbe. A dos centímetros de su meta, la hormiga se detuvo, de nuevo alertada. Entonces, de lo alto apareció un pulgar, un ancho dedo humano, y concienzudamente aplastó carga y hormiga.

El fin de la disnea

Aparte de sus famas centrales y discutibles (fútbol, parrillada, llamadas del Barrio Palermo), Montevideo incluye otra anexa celebridad, ésta sí indiscutible: posee el récord latinoamericano de asmáticos. Por supuesto, ya no cabe decir *posee* sino *poseía*. Justamente, es ese tránsito del presente al pretérito imperfecto lo que aquí me propongo relatar.

Yo mismo soy, pese a mis treinta y nueve años, aún no cumplidos, un veterano de la disnea. Dificultad de respirar, dice el diccionario. Pero el diccionario no puede explicar los matices. La primera vez que uno experimenta esa dificultad, cree por supuesto que llegó la hora final. Después uno se acostumbra, sabe que tras esa falsa agonía sobrevendrá la bocanada salvadora, y entonces deja de ponerse nervioso, de arañar empavorecidamente las sábanas, de abrir los ojos con desesperación. Pero la primera vez basta advertir, con el correspondiente pánico, que el ritmo de espiraciones e inspiraciones se va haciendo cada vez más dificultoso y entrecortado, para de inmediato calcular que llegará un instante en que los bronquios clausuren su última rendija y sobrevenga la mortal, definitiva asfixia. No es agradable. Tampoco es cómodo para los familiares o amigos que presencian el ahogo; su desconcierto o su impotencia se traducen a veces en auxilios contraproducentes. Lo mejor que se puede (o se podía) hacer, frente a un asmático en pleno ataque, es dejarlo solo. Cada uno sabe dónde le aprieta el pecho. Sabe también a qué debe recurrir para aliviarse: la pastilla, el inhalador, la inyección, la cortisona, el cigarrillo con olor a pasto podrido, a veces un simple echar los hombros hacia atrás, o apoyarse sobre el lado derecho. Depende de los casos.

La verdad es que el asma es la única enfermedad que requiere un estilo, y hasta podría decirse una vocación. Un hipertenso debe privarse de los mismos líquidos que otro hipertenso: un hepático debe seguir el mismo tedioso régimen que otro hepático; un diabético ha de adoptar la misma insulina que otro diabético. O sea (si queremos elevar el caló alopático a un nivel de metáfora): todos los islotes de Langerhans pertenecen al mismo archipiélago. Por el contrario, un asmático no perderá jamás su individualidad, porque la disnea (lo decía mi pobre médico de mutualista, para disimular decorosamente su ignorancia profesional sobre el escabroso tópico) no es una enfermedad sino un síntoma. Y aunque para llegar a la disnea haya que pasar previamente por la aduana del estornudo, lo cierto es que hay quien empieza el jadeo a partir de un sandwich de mariscos, pero hay otros que llegan a él mediante el polvillo que levanta un plumero, o al mancharse los dedos con papel carbónico, o al registrar en las fosas nasales la vecindad de un perfume, o al exponerse excesivamente a los rayos del sol, o tal vez al humo del cigarrillo. Para el asma, todo eso que Kant llamaba *Ding an sich* puede ser factor determinante. De ahí el sesgo casi creador de la disnea.

No es cuestión de caer ahora en un chauvinismo bronquial, pero los asmáticos solemos (o solíamos) hacer una pregunta que siempre sirvió para desconcertar a los críticos literarios no asmáticos: ¿habría concebido Marcel Proust su incomparable *Recherche* de no haberlo obligado el asma a respirar angustiosamente sus recuerdos? ¿Podría alguien asegurar que el célebre bollo de magdalena o los estéticos campanarios de Martinville no fueran el origen de lo que hoy llamaríamos su primera y bienaventurada disnea alérgica? No hay que confundir la disnea con la anhelación o el jadeo, proclama hoy la ciencia. No obstante, es probable que en época de Proust todavía se confundieran, y la disnea fuera casi anhelación, digamos un anhelo en desuso, o mejor aún cierta incómoda presión en la conciencia.

Los lectores que siempre han respirado a todo pulmón y a todo bronquio, no pueden ni por asomo imaginar el resguardo tribal que proporciona la condición de asmático. Y la proporciona (o la proporcionaba) justamente por ese rescate de lo individual que, a diferencia de lo que sucede con otros achaques, siempre aparece preservado en la zona del asma. ¿Qué podrán preguntarse, por ejemplo, dos crónicos de la próstata? No es conveniente, por razones obvias, entrar aquí en detalles, pero la verdad es que lo que rige para uno, rige para todos. Tal monotonía es asimismo válida para quienes se encuentran en la sala de espera de un cardiólogo, entre el segundo y el tercer infarto, o para quienes, homeopatía mediante, coleccionan en etiquetadas cajitas sus cálculos muriformes, o sea urinarios de oxalato cálcico. Desde los lejanos tiempos de los cuatro humores de Hipócrates, un gotoso siempre ha sido igual a otro gotoso. Pero un asmático, con respecto a otro asmático, no es *igual* (he aquí el matiz diferencial y decisivo) sino *afín*.

Por eso, hasta hace dos años (o sea hasta la aparición del CUR-HINAL) Montevideo era para nosotros los asmáticos una ciudad riesgosa, pero también una ciudad envidiable. Masonería del fuelle, nos llamó un resentido, reconozcamos que con cierta razón. Los asmáticos nos distinguimos y nos atraemos desde lejos. Un leve hundimiento del pecho, o un par de ojos demasiado brillantes, o una nariz que aletea casi imperceptiblemente, o unos labios resecos y entreabiertos; siempre hay algún dato físico que sirve de contraseña. Eso, sin contar con los detalles marginales: el bulto particular que forma en el bolsillo del saco el aparato inhalador, o el concienzudo interrogatorio al mozo del restorán sobre posibles riesgos de mayonesa, o la rápida huida ante una polvareda, o la discreta operación de abrir una ventana para que se despeje el humo de cigarrillos. Cuando un asmático reconoce alguno de esos rasgos fraternales, se acerca rápidamente al cofrade y entabla con él uno de esos diálogos que constituyen la sal de la vida disneica.

«¿Qué tal? Asma ¿verdad?» «Sólo nasal.» (Hay un poco de vergüenza en este reconocimiento, porque el asmático exclusivamente nasal está considerado como un neófito, como un aprendiz. Entre un asmático bronquial y otro nasal, existe la misma diferencia que entre un profesional y un simple idóneo.) Pero el cofrade puede ser también un bronquial, y entonces sí la camaradería se establece sin trabas: «Esta época es terrible.» «Como todos los otoños.» «¿Usted puede creer que para mí es peor la primavera?» «Mire, yo hace tres noches que no pego los ojos.» «¿Usa inyecciones o inhalador?» «Inhalador. Tengo miedo de habituarme a las inyecciones.» «A mí me pasa igual. Claro que desde que fabrican el líquido aquí en el país, ya no destapa como antes.» «¿Verdad que no? Se precisa por lo menos el triple de bombazos.» «¿Usted con cuántos bombazos se destapa?» «En los accesos leves, seis o siete; en los más fuertes, quince o veinte.» «A mí me recomendó el médico que nunca pase de diez.» «Sí, claro, pero siempre que use líquido importado.» «Bueno, yo siempre encuentro alguno que me trae dos o tres frasquitos de París.» Y así sucesivamente. El diálogo puede durar diez minutos o tres horas. Como cada asmático es un mundo aparte, un paciente aislado y personal, también su historial tiene originalidad e inevitablemente atrae el interés del compañero.

Durante varios años sufrí una suerte de discriminación. A partir de una fiebre tifoidea (según consta en los archivos del Servicio de Certificaciones Médicas, durante la epidemia de 1943/44 fui el primer caso comprobado en las filas de la Administración Pública, excluidos los Entes Autónomos), comencé a padecer primero asma nasal, luego disnea. Sin embargo, el médico de la familia se obstinó en diagnosticar: fenómenos asmatiformes. Bajo esa denominación, yo me sentía absolutamente disminuido, algo así como un *snob* del asma. Si se me ocurría abrir una ventana para que se disipase el humo de esos cigarrillos que no fumaba, y alguien se me acercaba solícito a preguntarme: «¿Es usted un bronquial?», yo me sentía muy desalentado cuando me veía obligado a responder con inflexible franqueza: «No, no. Son sólo fenómenos asmatiformes.» De inmediato advertía que se me hacía objeto de discriminación: nadie me preguntaba por pastillas, inhalaciones, nebulizaciones, jeringas, adrenalina, hierbas curativas, u otros rasgos de veteranía. Fue un largo calvario, de médico en médico. Hasta me cambié de mutualista. Siempre la misma respuesta: «No se preocupe, amigo. Usted no es asmático. Apenas son fenómenos asmatiformes.» Apenas. Esa palabrita me molestaba más que todos los accesos.

Hasta que un día llegó a Montevideo un doctor suizo especialista en asma y alergia, e instaló un estupendo consultorio en la calle Canelones. Hablaba tan mal el español que no halló (así lo creo) la palabra *asmatiforme,* y me dijo que, efectivamente, yo padecía asma. Casi lo abrazo. La noticia fue la mejor compensación a los cien pesos que me salió la consulta.

De inmediato se corrió la voz. Confieso que contribuí modestamente a la difusión. Ahí comenzó mi mejor época de asmático. Sólo entonces ingresé en eso que mi resentido amigo llamaba la masonería del fuelle. Los mismos veteranos disneicos que antes me habían mirado con patente menosprecio, se acercaban ahora sonriendo, me abrazaban (discretamente, claro, para no obstruirnos mutuamente los bronquios), me hacían preguntas ya del todo profesionales, y comparaban sin tapujos sus estertores sibilantes con los míos. Entre los asmáticos propiamente dichos, nunca hubo discriminación religiosa, o política, o racial. Yo, que cursé Primaria y Secundaria en la Sagrada Familia, y que actualmente soy democristiano, he tenido formidables conversaciones especializadas, ya no diré con integrantes del Partido Nacional, con quienes tengo una afinidad extradisneica, sino con colorados agnósticos, con socialistas y hasta con comunistas.

A este respecto, tengo bien presente una noche en que nos encontramos (en una Embajada de atrás de la Cortina) un protestante, un batllista ateo, un marxista-leninista de la línea pekinesa, y yo. Los cuatro asmáticos. Jamás aprendí tanto sobre expectoraciones como en esa noche de vodka y cubalibre. El metodista hablaba de paroxismos previos a la expectoración; el agnóstico era un erudito en expectoración espumosa; el marxista dejó constancia de que sus accesos eran infebriles (vaya novedad) y de escasa expectoración. Entonces yo dejé caer mi frase morosamente acuñada: «No hay que confundir la disnea con la anhelación o el jadeo.» Los tres me miraron con repentino interés, y a partir de ese momento noté un nuevo matiz de respeto, y hasta diría de admiración, en el trato que me dispensaron.

La nómina sería larga, pero puedo asegurar que he hablado sobre asma con judíos, con negros, con diarieros, con changadores, con todo el mundo, bah. Confieso, eso sí, que mi único brote discriminativo aparecía cuando alguien me confesaba, con lágrimas en los ojos, que no padecía de asma sino de fenómenos asmatiformes. Si hay algo que no puedo soportar, es el esnobismo.

Claro, la época gloriosa no duró eternamente. Es decir, duró hasta la aparición del CUR-HINAL. Lo peor, lo más incómodo, yo diría lo fatal, fue que no se tratase de una droga descubierta en Finlandia, o en Argelia, o en el golfo Pérsico, o sea algo que uno pudiera ignorar olímpicamente o por lo menos no introducir al país invocando la escasez de divisas o cualquier otro pretexto sensato. No, lo peor es que se trata de un invento nacional. Alguien, un oscuro médico del interior, vino un día a Montevideo, convocó a una conferencia de prensa, y anunció que había descubierto una droga que curaba definitivamente el asma: el CUR-HINAL. Sonrieron los periodistas, como sonreiríamos usted, lector, y yo mismo, si un vecino nuestro anunciara de pronto que él es el vencedor del cáncer. Sin embargo, el oscuro médico extrajo del portafolio un aparato inhalador y dirigiéndose a dos periodistas asmáticos, los invitó a que probaran el CUR-HINAL. Uno rechazó orgullosamente la oferta, pero el otro estaba en pleno acceso y se propinó dos tímidos bombazos. La disnea cesó como por encanto. Pero a veces también cesaba con los inhaladores tradicionales. El agregado asombroso consistió en que aquel

jadeante cronista nunca más volvió a padecer asma.
A lo largo de ocho o diez meses, los médicos hicieron
sesudas declaraciones previniendo a la población sobre peligrosos contratiempos provocados por la droga;
las autoridades pidieron prudencia, y hasta prohibie-
ron la venta en farmacias. No obstante, el oscuro co-
lega los venció (como dirían los marxistas no asmáticos) con la *praxis*. A los diez meses de aquella es-
pectacular y demagógica conferencia de prensa, los co-
municados médicos oficiales seguían apareciendo en
los diarios, pero a esa altura, ya todos los asmáticos
se habían curado. Un buen día, el Superior Gobierno,
que siempre ha sido comprensivo con los vencedores,
resolvió iniciar un sumario administrativo a todos los
impugnadores del CUR-HINAL. El oscuro médico del interior fue nombrado Ministro de Salud Pública y propuesto continentalmente para el Nobel de Medicina.

Confieso que este último giro me deja totalmente indiferente. Quédese el doctorcito (que nunca
fue personalmente asmático, ni siquiera asmatiforme)
con su ingenua panacea. Lo que yo quiero mencionar aquí no es por cierto el encumbramiento del fa-
cultativo, sino la defección de mis cofrades. Al principio se formó, con la mejor intención, una Comisión
Nacional del Asmático, que trató de poner orden en
el imprevisto caos. Hay que admitir que cada asmático tuvo que luchar con su propia alternativa: darse
cuatro bombazos de CUR-HINAL y aliviarse para siempre de estertores sibilantes y no sibilantes, de expectoraciones espumosas o sobrias, de toses secas y re-
secas, de paroxismos y jadeos; o seguir como hasta entonces, es decir, sufriendo todo eso pero sabiéndose
partícipe de una congregación internacionalmente válida, sabiéndose integrante de una coherente minoría
cuyo poder se afirmaba noche a noche. Personalmente, me pronuncié por la opción tradicionalista, por el

asma clásico. Debo reconocer, sin embargo, que la unidad fue rápidamente corroída por la flaqueza corporal del ser humano. En la propia Comisión Nacional del Asmático, hicieron ominosa irrupción los bombazos sacrílegos del CUR-HINAL. Cierta prensa, generalmente bien informada, ha sugerido la posible infiltración de izquierdistas no asmáticos. Yo me resisto a creerlo. La cobardía corporal, he aquí la causa de esta disgregación suicida.

Poco a poco empecé a notar que todos mis antiguos amigos asmáticos pasaban a respirar con normalidad. Sus hombros agobiados volvían a su sitio primitivo. Su tórax se enderezaba. Sus estornudos pasaban a ser pobres, disminuidos y esporádicos. Su dieta volvía a incluir mayonesas. Empecé a sentirme solo, arrinconado, colérico, retraído. Un eremita en plena muchedumbre. Aquel mismo resentido que una vez me había hablado de una Masonería del Fuelle, me dijo ahora que yo era un rebelde sin causa. Y otra vez comprendí que tenía razón. Porque yo venía preservando mi disnea de toda corrupción, nada más que para sentirme miembro de un clan selecto, de una minoría escogida. Pero si mis compañeros de clan defeccionaban, si uno a uno iban vendiendo su dignidad de asmáticos por el mezquino precio de una salud masificada, entonces, ¿dónde quedaba mi extraño privilegio?, ¿a quién podría allegar mi bien razonada complicidad? Por otra parte, la conciencia culpable de los ex asmáticos, esa noción secreta de su lamentable deserción, los llevaba (otra vez) a discriminarme, a mirarme con resentimiento, a guardar silencio cuando yo me acercaba.

Finalmente me vencieron. El día en que tuve conciencia de que yo era el único asmático del país, concurrí personalmente a la farmacia, pedí un frasquito de CUR-HINAL (ahora viene mejor envasado e incluye un aparatito inhalador) y me fui a casa. Antes de darme los cuatro bombazos de rigor, tuve plena conciencia de que ésa era mi última disnea. Juro que no pude contenerme y solté el llanto.

Hoy respiro sin dificultad y reconozco que ello significa algún progreso. Un progreso meramente somático. Claro que nunca volverán para mí los buenos tiempos. Yo, que fui uno entre pocos, debo ahora resignarme a ser uno entre muchos. Alguien propuso reunir a los ex asmáticos en una suerte de asociación gremial, concebida a escala panamericana. Fue un fracaso. Nunca hubo quórum y al final se disolvió con más pena que gloria. A veces me cruzo en la calle con algún ágil ex asmático (yo mismo subo los repechos sin problema) y nos miramos con melancolía. Pero ahora ya es tarde. Se trata de un proceso irreversible: para la plenitud no hay efecto retroactivo. Probamos a intercambiar frases como éstas: «¿Te acordás de cuando te hacías nebulizaciones?», «¿Cómo se llamaban aquellos cigarrillos contra el asma que largaban un olor a pasto podrido?», «¿Preferías el líquido nacional o el importado?», «¡Qué tremendo cuando llegaba el otoño!, ¿verdad?» Pero no es lo mismo. No es lo mismo.

La noche de los feos

Ambos somos feos. Ni siquiera vulgarmente feos. Ella tiene un pómulo hundido. Desde los ocho años, cuando le hicieron la operación. Mi asquerosa marca junto a la boca viene de una quemadura feroz, ocurrida a comienzos de mi adolescencia.

Tampoco puede decirse que tengamos ojos tiernos, esa suerte de faros de justificación por los que a veces los horribles consiguen arrimarse a la belleza. No, de ningún modo. Tanto los de ella como los míos son ojos llenos de resentimiento, que sólo reflejan la poca o ninguna resignación con que enfrentamos nuestro infortunio. Quizá eso nos haya unido. Tal vez *unido* no sea la palabra más apropiada. Me refiero al odio implacable que cada uno de nosotros siente por su propio rostro.

Nos conocimos a la entrada del cine, haciendo cola para ver en la pantalla a dos hermosos cualesquiera. Allí fue donde por primera vez nos examinamos sin simpatía pero con oscura solidaridad; allí fue donde registramos, ya desde la primera ojeada, nuestras respectivas soledades. En la cola todos estaban de a dos, pero además eran auténticas parejas: esposos, novios, amantes, abuelitos, vaya uno a saber. Todos

—de la mano o del brazo— tenían a alguien. Sólo ella y yo teníamos las manos sueltas y crispadas.

Nos miramos las respectivas fealdades con detenimiento, con insolencia, sin curiosidad. Recorrí la hendedura de su pómulo con la garantía de desparpajo que me otorgaba mi mejilla encogida. Ella no se sonrojó. Me gustó que fuera dura, que devolviera mi inspección con una ojeada minuciosa a la zona lisa, brillante, sin barba, de mi vieja quemadura.

Por fin entramos. Nos sentamos en filas distintas, pero contiguas. Ella no podía mirarme, pero yo, aun en la penumbra, podía distinguir su nuca de pelos rubios, su oreja fresca, bien formada. Era la oreja de su lado normal.

Durante una hora y cuarenta minutos admiramos las respectivas bellezas del rudo héroe y la suave heroína. Por lo menos yo he sido siempre capaz de admirar lo lindo. Mi animadversión la reservo para mi rostro, y a veces para Dios. También para el rostro de otros feos, de otros espantajos. Quizá debería sentir piedad, pero no puedo. La verdad es que son algo así como espejos. A veces me pregunto qué suerte habría corrido el mito si Narciso hubiera tenido un pómulo hundido, o el ácido le hubiera quemado la mejilla, o le faltara media nariz, o tuviera una costura en la frente.

La esperé a la salida. Caminé unos metros junto a ella, y luego le hablé. Cuando se detuvo y me miró, tuve la impresión de que vacilaba. La invité a que charláramos un rato en un café o una confitería. De pronto aceptó.

La confitería estaba llena, pero en ese momento se desocupó una mesa. A medida que pasábamos entre la gente, quedaban a nuestras espaldas las señas, los gestos de asombro. Mis antenas están particularmente adiestradas para captar esa curiosidad enfermiza, ese inconsciente sadismo de los que tienen un rostro corriente, milagrosamente simétrico. Pero esta vez ni siquiera era necesaria mi adiestrada intuición, ya que mis oídos alcanzaban para registrar murmullos, tosecitas, falsas carrasperas. Un rostro horrible y aislado tiene evidentemente su interés; pero dos fealdades juntas constituyen en sí mismas un espectáculo mayor, poco menos que coordinado; algo que se debe mirar en compañía, junto a uno (o una) de esos bien parecidos con quienes merece compartirse el mundo.

Nos sentamos, pedimos dos helados, y ella tuvo coraje (eso también me gustó) para sacar del bolso su espejito y arreglarse el pelo. Su lindo pelo.

«¿Qué está pensando?», pregunté.

Ella guardó el espejo y sonrió. El pozo de la mejilla cambió de forma.

«Un lugar común», dijo. «Tal para cual.»

Hablamos largamente. A la hora y media hubo que pedir dos cafés para justificar la prolongada permanencia. De pronto me di cuenta de que tanto ella como yo estábamos hablando con una franqueza tan hiriente que amenazaba traspasar la sinceridad y convertirse en un casi equivalente de la hipocresía. Decidí tirarme a fondo.

«Usted se siente excluida del mundo, ¿verdad?»

«Sí», dijo, todavía mirándome.

«Usted admira a los hermosos, a los normales. Usted quisiera tener un rostro tan equilibrado como esa muchachita que está a su derecha, a pesar de que usted es inteligente, y ella, a juzgar por su risa, irremisiblemente estúpida.»

«Sí.»

Por primera vez no pudo sostener mi mirada.

«Yo también quisiera eso. Pero hay una posibilidad, ¿sabe?, de que usted y yo lleguemos a algo.»

«¿Algo como qué?»

«Como querernos, caramba. O simplemente congeniar. Llámele como quiera, pero hay una posibilidad.»

Ella frunció el ceño. No quería concebir esperanzas.

«Prométame no tomarme por un chiflado.»

«Prometo».

«La posibilidad es meternos en la noche. En la noche íntegra. En lo oscuro total. ¿Me entiende?»

«No.»

«¡Tiene que entenderme! Lo oscuro total. Donde usted no me vea, donde yo no la vea. Su cuerpo es lindo, ¿no lo sabía?»

Se sonrojó, y la hendedura de la mejilla se volvió súbitamente escarlata.

«Vivo solo, en un apartamento, y queda cerca.»

Levantó la cabeza y ahora sí me miró preguntándome, averiguando sobre mí, tratando desesperadamente de llegar a un diagnóstico.

«Vamos», dijo.

2

No sólo apagué la luz sino que además corrí la doble cortina. A mi lado ella respiraba. Y no era una respiración afanosa. No quiso que la ayudara a desvestirse.

Yo no veía nada, nada. Pero igual pude darme cuenta de que ahora estaba inmóvil, a la espera. Estiré cautelosamente una mano, hasta hallar su pecho. Mi tacto me transmitió una versión estimulante, poderosa. Así vi su vientre, su sexo. Sus manos también me vieron.

En ese instante comprendí que debía arrancarme (y arrancarla) de aquella mentira que yo mismo había fabricado. O intentado fabricar. Fue como un relámpago. No éramos eso. No éramos eso.

Tuve que recurrir a todas mis reservas de coraje, pero lo hice. Mi mano ascendió lentamente hasta su rostro, encontró el surco de horror, y empezó una lenta, convincente y convencida caricia. En realidad, mis dedos (al principio un poco temblorosos, luego progresivamente serenos) pasaron muchas veces sobre sus lágrimas.

Entonces, cuando yo menos lo esperaba, su mano también llegó a mi cara, y pasó y repasó el costurón y el pellejo liso, esa isla sin barba, de mi marca siniestra.

Lloramos hasta el alba. Desgraciados, felices. Luego me levanté y descorrí la cortina doble.

El Otro Yo

Se trataba de un muchacho corriente: en los pantalones se le formaban rodilleras, leía historietas, hacía ruido cuando comía, se metía los dedos en la nariz, roncaba en la siesta, se llamaba Armando. Corriente en todo, menos en una cosa: tenía Otro Yo.

El Otro Yo usaba cierta poesía en la mirada, se enamoraba de las actrices, mentía cautelosamente, se emocionaba en los atardeceres. Al muchacho le preocupaba mucho su Otro Yo y le hacía sentirse incómodo frente a sus amigos. Por otra parte, el Otro Yo era melancólico y, debido a ello, Armando no podía ser tan vulgar como era su deseo.

Una tarde Armando llegó cansado del trabajo, se quitó los zapatos, movió lentamente los dedos de los pies y encendió la radio. En la radio estaba Mozart, pero el muchacho se durmió. Cuando despertó el Otro Yo lloraba con desconsuelo. En el primer momento, el muchacho no supo qué hacer, pero después se rehizo e insultó concienzudamente al Otro Yo. Este no dijo nada, pero a la mañana siguiente se había suicidado.

Al principio la muerte del Otro Yo fue un rudo golpe para el pobre Armando, pero en seguida pensó que ahora sí podría ser íntegramente vulgar. Ese pensamiento lo reconfortó.

Sólo llevaba cinco días de luto, cuando salió a la calle con el propósito de lucir su nueva y completa vulgaridad. Desde lejos vio que se acercaban sus amigos. Eso le llenó de felicidad e inmediatamente estalló en risotadas. Sin embargo, cuando pasaron junto a él, ellos no notaron su presencia. Para peor de males, el muchacho alcanzó a escuchar que comentaban: «Pobre Armando. Y pensar que parecía tan fuerte, tan saludable.»

El muchacho no tuvo más remedio que dejar de reír, y, al mismo tiempo, sintió a la altura del esternón un ahogo que se parecía bastante a la nostalgia. Pero no pudo sentir auténtica melancolía, porque toda la melancolía se la había llevado el Otro Yo.

El cambiazo

Mierda con ellos. Me las van a pagar todas juntas. No importa que, justo ahora, cuando voy a firmar la decimoctava orden de arresto, se me rompa el bolígrafo. Me cago en la putísima. Y el imbécil que pregunta: «¿Le consigo otro, mi coronel?» Por hoy alcanza con diecisiete. Ayer Vélez recobró la libertad convertido en un glorioso guiñapo: los riñones hechos una porquería, un brazo roto, el ojo tumefacto, la espalda en llaga. Ya designé, por supuesto, la correspondiente investigadora para que informe sobre las irregularidades denunciadas por ciertos órganos de la prensa nacional. Algún día tendrán que aprender que el coronel Corrales no es un maricón como sus predecesores sino un jefe de policía con todo lo que hace falta

hipnotizada frente al televisor, Julita no se atreve ni a parpadear. No es para menos. Lito Suárez, con su rostro angelical y sus puñitos cerrados, ha cantado Siembra de Luz y en seguida Mi Corazón Tiene un Remiendo. Grititos semejantes a los de la juvenil teleaudiencia salen también de la boca de Julita, quien para una mejor vocalización acomoda el bombón de menta al costado de la muela. Pero ahora Lito se pone solemne: «Hoy tengo una novedad y se llama El Cambiazo. Es una canción y también es un juego. Un juego que jugaremos al nivel de masas, al nivel de pueblo, al nivel de juventud. ¿Qué les parece? Voy a cantarles El Cambiazo. Son sólo cuatro versos. Durante la semana que empezará mañana, lo cantaremos en todas partes: en la ducha, en las aulas, en la calle, en la cama, en el ómnibus, en la playa, en el café. ¿De acuerdo? Luego, el domingo próximo, a esa misma hora, cambiaremos el primero de los cuatro versos. De las propuestas por escrito que ustedes me hagan llegar, yo elegiré una. ¿Les parece bien?» Síííííííí, chilla la adicta, fanática, coherente adolescencia. «Y así seguiremos todas las semanas hasta transformar completamente la cuarteta. Pero tengan en cuenta que en cada etapa de su transformación, la estrofa tendrá que cumplir una doble condición: variar uno de sus versos, pero mantener un sentido total. Es claro que la cuarteta que finalmente resulte, quizá no tenga el mismo significado que la inicial; pero ahí es justamente donde reside el sabor del juego. ¿Estamos?» Síííííííí. «Y ahora les voy a cantar el texto inicial.» Julita Corrales traga por fin el bombón para no distraerse y además para concentrarse en la memorización del Evangelio según San Lito. «Paraquená dieeeeee loimpida, paraquetuá moooooooor despierte, paravosmí vooooooooz rendida, paramisó loooooooo quererte.» Julita se arrastra hasta la silla donde ha dejado el draipén y el block, anota nerviosamente la primera variante que se le ocurre, y antes de que el seráfico rostro del cantante desaparezca entre los títulos y los créditos finales del programa Lito Con Sus Muchachos, ya está en condiciones de murmurar para sí misma: «Paraquevén gaaaaaaaas querida, paraquetuá moooooooor despierte, paravosmí vooooooooz rendida, paramisó loooooooo quererte

decime, podridito, ¿vos te crees que me chupo el dedo? Ustedes querían provocar el apagón,

¿no es cierto? Seguro que al buenazo de Ibarra se la hubieran hecho. Pero yo soy un jefe de policía, no un maricón. Conviene que lo aprendas. ¿Tenés miedo, eh? No te culpo. Yo no sólo tendría miedo sino pánico frente al coronel Corrales. Pero resulta que el coronel Corrales soy yo, y el gran revolucionario Menéndez sos vos. Y el que se caga de miedo también sos vos. Y el que se agarra la barriga de risa es otra vez el coronel Corrales. ¿Te parece bien? Decímelo con franqueza, porque si no te parece bien volvemos a la electricidad. Sucede que a mí no me gustan los apagones. A mí me gustan los toquecitos eléctricos. Me imagino que todavía te quedarán güevos. Claro que un poco disminuidos, ¿verdad? ¿Quién te iba a decir que los güevos de avestruz se podían convertir en güevos de paloma? Así que apagón. Buena pieza. Me imagino que ustedes, cuando conciben estas hermosas películas en que son tan cojonudos, también tendrán en cuenta los riesgos. Vos estás ahora en la etapa del riesgo. Pregunta número uno: ¿quién era el enlace para el apagón? Pregunta número dos: ¿dónde estuviste el jueves pasado, de seis a siete y veinticinco? Pregunta número tres: ¿hasta cuándo creés que durará tu discreción? Pregunta número cuatro: ¿te comieron la lengua los ratones, tesoro?

se muerde las uñas, pero lo hace con personalidad. Empieza por los costados, a fin de no arruinar demasiado la aceptable media luna creada por el fino trabajo de la manicura. De todos modos, se come las uñas, y sus razones tiene. Lito Suárez va a anunciar cómo ha quedado El Cambiazo después de la primera transformación. «Durante una semana todos hemos cantado la canción que les enseñé el domingo pasado. La oí cantar hasta en el Estadio. Hasta en la sala de espera del dentista. Muy bien. Justamente era eso lo que yo quería. Recibí cinco mil cuatrocientos setenta y tres propuestas para cambiar el primer verso. En definitiva, elegí ésta: Paraqueseá braaaaaaa laherida.» Hiiiiiii, dice la muchedumbrita del Canal. «De modo que pórtense bien y canten El Cambiazo desde ahora hasta el próximo domingo, tal como yo lo voy a cantar ahora: Paraqueseá braaaaaaaa laherida, paraquetuá moooooor despierte, paravosmí vooooooooz rendida, paramisó looooooo quererte.» Decepcionada, Julita deja de comerse las uñas. Su brillante propuesta quedó entre las cinco mil cuatrocientas setenta y dos desechadas. «Dentro de una semana sustituiremos el segundo verso. ¿De acuerdo?» Síííííí, chilla la juventud.

el coronel muestra los dientes. «Sí, Fresnedo, estoy con usted. Las nuevas canciones son una idiotez. Pero, ¿qué hay de malo en eso? La verdad es que la muchachada se entretiene, se pone juvenilmente histérica, pide autógrafos, besa fotografías, y mientras tanto no piensa. Me imagino que también usted habrá escuchado la imbecilidad de esta semana. ¿Cómo es? Espere, espere. Si hasta yo me la sé de memoria. Paraque seá braaaaaaa laherida, paraquetuá moooooor despierte, paravosmí vooooooooz rendida, paramisó looooooo quererte. Siempre es mejor que canten eso y no la Internacional.» «Perdone, mi coronel pero usted no está al día. A partir del domingo pasado cambió el segundo verso. Ahora es así: Paraqueseá braaaaaaa laherida, paraqueusé mooooooos lasuerte, paravosmí vooooooooz rendida, paramisó looooooo quererte

por fin ha conseguido una imagen de Lito. Un ángel, eso es. Besa la foto con furia, con ternura, también con precauciones para no humedecerla demasiado. Papá se burla, claro. Papá es viejo, no entiende nada. Papá el pobre es militar, y se ocupa de presos, de política, de sanear el país. Papá no tiene sentido del ritmo, a lo sumo tararea algún tango bien calandraca. Papá no entiende a los jóvenes, tía Ester tampoco. La diferencia es que tía ni siquiera entiende a los viejos. Lito es divino, divino, y cómo nos entiende. Hiiiiiiiiiiii. ¿Cómo sería papá a los dieciséis años? ¿Tendría las mismas arrugas y manías que ahora? Y a mí qué me importa. Lo principal es inventar el tercer verso. Tiene que acabar en ida. Por ejemplo: paratidés cooooooo nocida, o también: paralanó cheeeeeeeen cendida, o quizá paratufé miiiiiiii guarida. No, queda confuso. Y además no va bien con el cuarto verso, y Lito recomendó que siempre debía ser coherente. ¿Y si fuera: paratusuer teeeeeeee miherida? Qué estúpida. Ya el primer verso termina en herida. Tendría que acabar, digamos, en sorprendida. Ya está. Paratupiel soooooooor prendida. Queda regio, regio el calor todo lo ablanda. Hasta las charreteras, el cinturón, la chaquetilla, la visera. Sólo las condecoraciones permanecen duras, indeformables. El calor penetra por las persianas y se instala en la frente del coronel. El coronel transpira como un sargento cualquiera, como la negra, ¿se llamaba Alberta?, a la que hace mucho (cuando él sólo era teniente Corrales) montó concienzudamente en un quilombo de mala muerte, allá por Tacuarembó. Vida podrida, después de todo. Cuando el viejo lo metió en el ejército, la argumentación incluyó encendidos rubros patrios. El viejo era ateo, pero sólo en cuanto a la pobre Iglesia; en lo demás, era religioso. La patria era para él un equivalente de la Virgen María. Sólo le faltaba persignarse cuando cantaba el himno. De entusiasmo sublime inflamó. Y al final resultaba que ser soldado de la patria no era precisamente defender el suelo, las fronteras, la famosa dignidad nacional, de los fueros civiles el goce defendamos el código fiel, no, ser soldado de la patria, mejor dicho, coronel de la patria,

era joder a los muchachos, visitar al embajador, joder
a los obreros, recibir la visita del subsecretario del se-
cretario del embajador, joder a uno que otro cabecilla,
dejar que los estimados colaboradores de esta Jefatura
den rienda suelta a su sadismo en vías de desarrollo,
insultar, agraviar, joder, siempre joder, y en el fondo
también joderse a sí mismo. Sí, debe ser el calor que
todo lo ablanda, hasta el orgullo, hasta el goce del
poder, hasta el goce del joder. El coronel Corrales,
sudoroso, ablandado, fláccido, piensa en Julita como
quien piensa en un cachorro, en un gato, en un potri-
llo que tuvo cuando era capitán en la frontera. Julita
única hija, hija de viudo además, porque María Julia
se murió a tiempo, antes de este caos, antes de esta
confusión, cuando los oficiales jóvenes todavía tenían
ocasión y ganas de concurrir al Teatro Solís, especialmente en las temporadas extranjeras, mostrando a la
entrada la simpática medallita cuadrangular, y sentán-
dose luego en el Palco donde ya estaba algún preca-
vido y puntual capitán de fragata que siempre conse-
guía el mejor de los sitios disponibles, como, por ejemplo, la noche del estornudo, la noche en que Ruggiero
Ruggieri daba su Pirandello en una atmósfera de silencio y tensión y a él le empezó la picazón en la nariz
y tuvo conciencia de que el estornudo era inminente
e inevitable, y se acordó del ejemplo de María Julia
que siempre aguantaba tomándose el caballete entre
el pulgar y el índice y de ese modo sólo le salía un
soplidito tenue, afelpado, apenas audible a veinte centímetros, y él quiso hacer lo mismo y en realidad cumplió rigurosamente todo el rito exterior y se apretó
el caballete con el pulgar y el índice pero cuando vino
por fin el estornudo en el preciso y dramático instante
en que Ruggiero hacía la pausa más conmovedora del
segundo acto, entonces se escuchó en la sala, y la acús-
tica del Solís es realmente notable, sólo comparable

a la de la Scala de Milán según los entendidos, se escuchó en la sala una suerte de silbato o bocina o pitido estridente y agudo, suficiente para que toda la platea y el mismísimo Ruggiero Ruggieri dirigieran su reojo al palco militar donde el capitán de fragata hacía todo lo posible para que el público entendiera inequívocamente que él no era el dueño de la bocina. Sí, Julita, hija de viudo, es decir, Julita o sea la familia entera, pero cómo entender qué pasa con Julita. No estudia ni cose ni toca el piano ni siquiera colecciona estampillas o cajas de fósforos o botellitas, sino que oye de la mañana a la noche los discos de ese pajarón infame, de ese Lito Suárez con su cerquillo indecente y sus patillas indecentes y su dedito indecente y sus ojitos revoloteantes y sus pantalones de zancudo y sus guiños de complicidad, y por si eso fuera poco, hay que aguantarlo todos los domingos en el show de cuatro horas, Lito y Sus Muchachos, como un nuevo integrante de la familia, instalado en la pantalla del televisor, incitando a la chiquilinada a que cante esa idiotez, ese Cambiazo, y después todas las caritas, más o menos histéricas, y el hiiiiiiiiiii de rigor, y el suspiro no menos indecente de Julita, a su lado, sudando también ella pero feliz, olvidada ya de que su tercera propuesta ha sido también desechada como las otras y cantando con Lito y con todos la nueva versión del Cambiazo: paraqueseá braaaaaaa laherida, paraqueusé moooooooos lasuerte, paranosó trooooooooos lavida, paramisó looooooooo quererte

apaga la luz. Ha intentado leer y no ha podido. Pese a los fracasos, no puede renunciar a inventar el cuarto y decisivo verso. Pero la presencia de Lito, el ángel, es ahora algo más que una estrofa. El calor no afloja y ella está entre las sábanas, con los ojos muy abiertos, tratando de decirse que lo que quiere es crear el cuarto verso, por ejemplo: paravosmí maaaaaaaa nofuerte, pero en realidad es algo más que eso, algo que más bien se relaciona con el calor que no cede, que lo enciende todo. Julita sale de entre las sábanas, y así, a oscuras, sin encender la luz, va hacia la puerta y le pasa llave, y antes de volver a la cama, se quita el pijama y aparta la sábana de arriba y se tiende bocabajo, y llorando besa la foto, sin importarle ya que se humedezca

        menos mal que refrescó. Fresnedo se cuadra. «Vamos, olvídese por hoy de la disciplina», dice el coronel. Menos mal que refrescó. Cuando refresca, el coronel Corrales suele sentirse optimista, seguro de sí mismo, dueño de su futuro. «Desde que prohibimos los actos públicos, vivimos más tranquilos, ¿no?» «Sin embargo, hoy había un acto, mi coronel, y autorizado.» «¿Cuál?» «El del cantante.» «Bah.» «Vengo de la Plaza. Eran miles y miles de chiquilines y sobre todo de muchachitas. Verdaderamente impresionante. Decían que allí él iba a completar la canción, que allí iba a elegir el cuarto verso. Usted dirá que yo soy demasiado aprensivo, mi coronel, pero ¿usted no cree que habría que vigilarlos más?» «Créame, Fresnedo, son taraditos. Los conozco bien, ¿sabe?, porque desgraciadamente mi hija Julita es uno de ellos. Son inofensivos, son cretinos, empezando por ese Lito. ¿Usted no cree que es un débil mental?» Fresnedo abre desmesuradamente los ojos, como si de pronto eso le sirviera para escuchar mejor. En realidad, el griterío ha empezado como un lejano murmullo. Luego se va introduciendo lentamente en el inexpugnable despacho. El coronel se pone de pie y trata de reconocer qué es lo que gritan. Pero sólo es perfectamente audible la voz de alguien que está en la calle, junto a la puerta. Acaso el oficial, quizá un guardia exterior. «No tiren, que son criaturas.» El primer tiro suena inesperadamente cercano y viene de afuera. El coronel abre la boca para decir algo, quizá una orden. Entonces estalla el cristal de la ventana. El coronel recibe el tercer disparo en el cuello. Fresnedo logra esconderse detrás de la mesa cargada de expedientes, y sólo entonces puede entender qué es lo que chillan los de afuera, qué es lo que chillan esos mocosos y mocosas, cuyos rostros seráficos e inclementes, decididos e ingenuos, han empezado a irrumpir en el despacho: «Paraqueseá braaaaaa laherida, paraqueusé mooooooooos lasuerte, paranosó trooooooooos lavida, paracorrá leeeeeeees lamuerte.»

Para objetos solamente

> Las cosas tienen
> un ser vital.
>
> RUBÉN DARÍO

Por el momento nadie entra en la habitación, pero, si alguien entrara, o, mejor aún, si sólo penetrara una mirada, sin tacto, sin gusto, sin olfato, sin oído, sólo una mirada, y decidiera fríamente hacer un ordenado inventario visual de sus objetos, comenzando, digamos, por la derecha, lo primero que habría de encontrar sería un amplio sofá, forrado de terciopelo verde oscuro, ya bastante deteriorado y con dos quemaduras de cigarrillo en el borde del respaldo. Sobre el sofá hay un montón de diarios y revistas, pero la hipotética mirada sólo estaría en condiciones de ver la revista que está arriba de todo, es decir un ejemplar no demasiado nuevo de *Claudia,* y a lo sumo conjeturar, gracias a las características especiales de su tipografía, que el trozo de periódico que asoma por debajo de otros diarios, aunque no incluye ningún título ni indicación directa, puede pertenecer a *BP-Color*. También sobre el sofá, a unos treinta centímetros de los diarios y revistas, hay un libro boca abajo, con un cortapapeles metido entre sus primeras hojas. En uno de los ángulos hay una mancha verdosa, con varios granitos más oscuros, como de yerba. En la pared que está detrás del sofá hay un almanaque de la Panadería La Nueva. La hoja que está a la vista es de noviembre 1965 y tiene dos anotaciones, hechas con bolígrafo azul, y una más con bolígrafo rojo. Las azules corresponden al día 4 («Beatriz, 15,30») y al día 13 («M. ¿O. K.? OK»); la roja está en la línea del día 19 («Ensayo gral.»). El sofá llega hasta la segunda pared. Junto al tramo inicial de la misma hay una banqueta de madera con un cenicero repleto de puchos, todos torcidos de la misma manera y sin manchas de carmín. Más allá está un ropero de roble, modelo antiguo pero todavía en buenas condiciones, sin espejo exterior, con una hoja cerrada y otra abierta. Por el espacio que deja la hoja abierta puede distinguirse ropa de hombre, prolijamente colgada de sus perchas: un impermeable gris, un gabán de cuello amplio, varios sacos que quizá sean trajes completos, ya que los pantalones o chalecos pueden estar ocultos bajo los sacos. El ropero tiene tres cajones, todos cerrados, aunque del tercero surge un pliegue blanco de ropa, que presumiblemente corresponde a una camisa. En el suelo, junto a una de las patas del ropero, hay un papel irregularmente rasgado, algo así como la mitad de una hoja de carta, color crema, que alguien hubiera partido en dos. Está escrito con una letra menuda y muy pareja, de curvas suaves, con los puntos de las jotas y las íes muy por encima de su ubicación clásica. Si la mirada quisiera detenerse a leer, podría comprobar que las palabras, y trozos de palabras, que contiene el papel, son los siguientes:

masiado para mí. Bien
tu inteligencia y tu sen
la imprudente esperan
en tu capacidad de
esfuerzos por volve
única y comprensible
para compensar mi a
tantos desencantos, de
pistas. Creo que en
acuerdo conmigo: es i
segura de que me q
mi modesta felicidad
la tuya, pero, buen
y en mi, zonas inco
inevitable y morbos
y la de mi incurab
prejuicios, anacrónis
insistir en quererte
no podés ni podr
cuerpo de mujer, as
mío. Te juro que
decisión con estr
a que nunca h
marme a enfren
es sencillamente
corregible que a
rojo que maría

Después del ropero, casi sin espacio que los separe, hay una mesita de pino, sin cajones, con una portátil negra, un despertador chico, de cobre, un bloc de notas en cuya primera página hay sólo una palabra (*chau*), dos bolígrafos de la misma marca y un portarretrato con la fotografía de una mujer joven que en el ángulo inferior derecho tiene una leyenda: «A Fernando, con fe y esperanza, pero sin caridad. Beatriz.» Junto a la mesita, una cama (tendida, una plaza, de bronce) cuya cabecera se apoya en la segunda pared; el flanco derecho sigue la línea de la pared tercera. La colcha blanca cubre también la almohada. Sobre la colcha blanca, tres objetos: un encendedor, un cepillo de ropa, un programa de teatro doblado en dos. Sólo está a la vista la mitad inferior, donde consta el reparto: Vera— Amanda Blasetti. Jacinto— Fernando Montes. Octavio— Manuel Solano. Rita— María Goldman. Ernesto— Benjamín Espejo. Debajo de la cama, un par de mocasines marrones. En el rincón que forman la tercera y la cuarta pared, hay un tocadiscos. Sobre el plato, un disco de doce pulgadas, detenido; no obstante, si la mirada quisiera detalles, podría comprobar que se trata del volumen III del álbum de Bessie Smith. Debajo del tocadiscos, un casillero con varios álbumes, pero en sus lomos sólo constan números romanos, y además no están en orden. Junto al mueblecito hay una alfombra (medida aproximada: un metro por setenta y cinco centímetros) de lana marrón con franja negra. Sobre ella está depositado el sobre de cartón correspondiente al disco de Bessie Smith. A esta altura, a la mirada le quedarían apenas tres objetos para completar el inventario. El primero es una cocinita a gas, de dos hornillas. No hay nada sobre ellas. Una de las hornillas tiene la llave hacia la izquierda; la otra, hacia la derecha. El segundo objeto es un cuerpo humano, totalmente inmóvil. Es un muchacho. Pelo oscuro, la nuca apoyada en un almohadoncito. Tiene puestas sólo dos prendas: un short azul claro, y, en el cuello (suelto, sin anudar) un pañuelo rojo de seda. Los ojos están cerrados. No hay el menor movimiento, ni en las fosas nasales ni en la boca. El tercer y último objeto es un trozo de papel color crema, algo así como la mitad de una hoja de carta que alguien hubiera partido en dos, escrito con una letra menuda y muy pareja, de curvas suaves y con los puntos de las jotas y las íes muy por encima de su ubicación clásica. Si la mirada quisiera detenerse a leer, comprobaría que las palabras, y los trozos de palabras, que contiene el papel, son los siguientes:

sabes cómo aprecio
sibilidad, bien sabés
za que puse en vos,
recup ción, en tus
r a la normalidad como
exigencia que te impongo
mor de tantos años, de
ta stas hermosas y falsas
el fondo estarás de
inútil insistir. Estoy
verés y que querés
tal como yo quiero
as o malas, hay en ti
mpatibles: la de tu
a inclinación por Manuel,
le resistencia (llamale
mo, lo que quieras) a
, consciente como soy de que
ás nunca entendiste con un
i sea tan corriente como el
miro mi propia e irrevocable
aña melancolía. Acaso se deba
asta ahora había querido resig-
tar la realidad, que en mi caso
TV realidad. Mirá si seré in-
qui te dejo aquel pañuelo
Elena me trajo de Italia y

Miss Amnesia

La muchacha abrió los ojos y se sintió apabullada por su propio desconcierto. No recordaba nada.
Ni su nombre, ni su edad, ni sus señas. Vio que su
falda era marrón y que la blusa era crema. No tenía
cartera. Su reloj pulsera marcaba las cuatro y cuarto.
Sintió que su lengua estaba pastosa y que las sienes
le palpitaban. Miró sus manos y vio que las uñas tenían un esmalte transparente. Estaba sentada en el
banco de una plaza con árboles, una plaza que en el
centro tenía una fuente vieja, con angelitos, y algo
así como tres platos paralelos. Le pareció horrible.
Desde su banco veía comercios, grandes letreros. Pudo
leer: Nogaró, Cine Club, Porley Muebles, Marcha,
Partido Nacional. Junto a su pie izquierdo vio un trozo de espejo, en forma de triángulo. Lo recogió. Fue
consciente de una enfermiza curiosidad cuando se enfrentó a aquel rostro que era el suyo. Fue como si lo
viera por primera vez. No le trajo ningún recuerdo.
Trató de calcular su edad. Tendré dieciséis o diecisiete años, pensó. Curiosamente, recordaba los nombres de las cosas (sabía que esto era un banco, eso
una columna, aquello una fuente, aquello otro un letrero), pero no podía situarse a sí misma en un lugar
y en un tiempo. Volvió a pensar, esta vez en voz alta:
«Sí, debo tener dieciséis o diecisiete», sólo para con-

firmar que era una frase en español. Se preguntó si
además hablaría otro idioma. Nada. No recordaba
nada. Sin embargo, experimentaba una sensación de
alivio, de serenidad, casi de inocencia. Estaba asom-
brada, claro, pero el asombro no le producía desagra-
do. Tenía la confusa impresión de que esto era mejor
que cualquier otra cosa, como si a sus espaldas quedara algo abyecto, algo horrible. Sobre su cabeza el
verde de los árboles tenía dos tonos, y el cielo casi no
se veía. Las palomas se acercaron a ella, pero en seguida se retiraron, defraudadas. En realidad, no tenía
nada para darles. Un mundo de gente pasaba junto al
banco, sin prestarle atención. Sólo algún muchacho la
miraba. Ella estaba dispuesta a dialogar, incluso lo
deseaba, pero aquellos volubles contempladores siempre terminaban por vencer su vacilación y seguían su
camino. Entonces alguien se separó de la corriente.
Era un hombre cincuentón, bien vestido, peinado impecablemente, con alfiler de corbata y portafolio negro. Ella intuyó que le iba a hablar. ¿Me habrá reco-
nocido? pensó. Y tuvo miedo de que aquel individuo
la introdujera nuevamente en su pasado. Se sentía tan
feliz en su confortable olvido. Pero el hombre simplemente vino y preguntó: «¿Le sucede algo, señorita?» Ella lo contempló largamente. La cara del tipo
le inspiró confianza. En realidad, todo le inspiraba
confianza. «Hace un rato abrí los ojos en esta plaza y
no recuerdo nada, nada de lo de antes.» Tuvo la impresión de que no eran necesarias más palabras. Se
dio cuenta de su propia sonrisa cuando vio que el hombre también sonreía. El le tendió la mano. Dijo: «Mi
nombre es Roldán, Félix Roldán.» «Yo no sé mi nombre», dijo ella, pero estrechó la mano. «No importa.
Usted no puede quedarse aquí. Venga conmigo. ¿Quiere?» Claro que quería. Cuando se incorporó, miró hacia las palomas que otra vez la rodeaban, y reflexionó:

Qué suerte, soy alta. El hombre llamado Roldán la tomó suavemente del codo, y le propuso un rumbo. «Es cerca», dijo. ¿Qué sería lo cerca? No importaba. La muchacha se sentía como una turista. Nada le era extraño y sin embargo no podía reconocer ningún detalle. Espontáneamente, enlazó su brazo débil con aquel brazo fuerte. El traje era suave, de una tela peinada, seguramente costosa. Miró hacia arriba (el hombre era alto) y le sonrió. El también sonrió, aunque esta vez separó un poco los labios. La muchacha alcanzó a ver un diente de oro. No preguntó por el nombre de la ciudad. Fue él quien le instruyó: «Montevideo.» La palabra cayó en un hondo vacío. Nada. Absolutamente nada. Ahora iban por una calle angosta, con baldosas levantadas y obras en construcción. Los autobuses pasaban junto al cordón y a veces provocaban salpicaduras de un agua barrosa. Ella pasó la mano por sus piernas para limpiarse unas gotas oscuras. Entonces vio que no tenía medias. Se acordó de la palabra medias. Miró hacia arriba y encontró unos balcones viejos, con ropa tendida y un hombre en pijama. Decidió que le gustaba la ciudad.

«Aquí estamos», dijo el hombre llamado Roldán junto a una puerta de doble hoja. Ella pasó primero. En el ascensor, el hombre marcó el piso quinto. No dijo una palabra, pero la miró con ojos inquietos. Ella retribuyó con una mirada rebosante de confianza. Cuando él sacó la llave para abrir la puerta del apartamento, la muchacha vio que en la mano derecha él llevaba una alianza y además otro anillo con una piedra roja. No pudo recordar cómo se llamaban las piedras rojas. En el apartamento no había nadie. Al abrirse la puerta, llegó de adentro una bocanada de olor a encierro, a confinamiento. El hombre llamado Roldán abrió una ventana y la invitó a sentarse en uno de los sillones. Luego trajo copas, hielo, whisky. Ella recordó las palabras hielo y copa. No la palabra whisky. El primer trago de alcohol la hizo toser, pero le cayó bien. La mirada de la muchacha recorrió los muebles, las paredes, los cuadros. Decidió que el conjunto no era armónico, pero estaba en la mejor disposición de ánimo y no se escandalizó. Miró otra vez al hombre y se sintió cómoda, segura. Ojalá nunca recuerde nada hacia atrás, pensó. Entonces el hombre soltó una carcajada que la sobresaltó. «Ahora decime, mosquita muerta. Ahora que estamos solos y tranquilos, eh, vas a decirme quién sos.» Ella volvió a toser y abrió desmesuradamente los ojos. «Ya le dije, no me acuerdo.» Le pareció que el hombre estaba cambiando vertiginosamente, como si cada vez estuviera menos elegante y más ramplón, como si por debajo del alfiler de corbata o del traje de tela peinada, le empezara a brotar una espesa vulgaridad, una inesperada antipatía. «¿Miss Amnesia? ¿Verdad?» Y eso ¿qué significaba? Ella no entendía nada, pero sintió que empezaba a tener miedo, casi tanto miedo de este absurdo presente como del hermético pasado. «Che, miss Amnesia», estalló el hombre en otra risotada, «¿sabés que sos bastante original? Te juro que es la primera vez que me pasa algo así. ¿Sos nueva ola o qué?» La mano del hombre llamado Roldán se aproximó. Era la mano del mismo brazo fuerte que ella había tomado espontáneamente allá en la plaza. Pero en rigor era otra mano. Velluda, ansiosa, casi cuadrada. Inmovilizada por el terror, ella advirtió que no podía hacer nada. La mano llegó al escote y trató de introducirse. Pero había cuatro botones que dificultaban la operación. Entonces la mano tiró hacia abajo y saltaron tres de los botones. Uno de ellos rodó largamente hasta que se estrelló contra el zócalo. Mientras duró el ruidito, ambos quedaron inmóviles. La muchacha aprovechó esa breve espera invo-

luntaria para incorporarse de un salto, con el vaso
todavía en la mano. El hombre llamado Roldán se
le fue encima. Ella sintió que el tipo la empujaba
hacia un amplio sofá tapizado de verde. Sólo decía:
«Mosquita muerta, mosquita muerta.» Se dio cuenta
de que el horrible aliento del tipo se detenía primero
en su pescuezo, luego en su oreja, después en sus
labios. Advirtió que aquellas manos poderosas, repug-
nantes, trataban de aflojarle la ropa. Sintió que se
asfixiaba, que ya no daba más. Entonces notó que
sus dedos apretaban aún el vaso que había tenido
whisky. Hizo otro esfuerzo sobrehumano, se incorporó a medias, y pegó con el vaso, sin soltarlo, en el
rostro de Roldán. Este se fue hacia atrás, se balan-
ceó un poco y finalmente resbaló junto al sofá verde.
La muchacha asumió íntegramente su pánico. Saltó
sobre el cuerpo del hombre, aflojó al fin el vaso
(que cayó sobre una alfombrita, sin romperse), corrió
hacia la puerta, la abrió, salió al pasillo y bajó es-
pantada los cinco pisos. Por la escalera, claro. En la
calle pudo acomodarse el escote gracias al único botón sobreviviente. Empezó a caminar ligero, casi corriendo. Con espanto, con angustia, también con tristeza y siempre pensando: Tengo que olvidarme de
esto, tengo que olvidarme de esto. Reconoció la plaza
y reconoció el banco en que había estado sentada.
Ahora estaba vacío. Así que se sentó. Una de las palomas pareció examinarla, pero ella no estaba en condiciones de hacer ningún gesto. Sólo tenía una idea
obsesiva: Tengo que olvidarme, Dios mío haz que
me olvide también de esta vergüenza. Echó la cabeza hacia atrás y tuvo la sensación de que se desma-
yaba.

Cuando la muchacha abrió los ojos, se sintió
apabullada por su desconcierto. No recordaba nada. Ni
su nombre, ni su edad, ni sus señas. Vio que su falda

era marrón y que su blusa, en cuyo escote faltaban tres botones, era de color crema. No tenía cartera. Su reloj marcaba las siete y veinticinco. Estaba sentada en el banco de una plaza con árboles, una plaza que en el centro tenía una fuente vieja, con angelitos y algo así como tres platos paralelos. Le pareció horrible. Desde el banco veía comercios, grandes letreros. Pudo leer: Nogaró, Cine Club, Porley Muebles, Marcha, Partido Nacional. Nada. No recordaba nada. Sin embargo, experimentaba una sensación de alivio, de serenidad, casi de inocencia. Tenía la confusa impresión de que esto era mejor que cualquier otra cosa, como si a sus espaldas quedara algo abyecto, algo terrible. La gente pasaba junto al banco. Con niños, con portafolios, con paraguas. Entonces alguien se separó de aquel desfile interminable. Era un hombre cincuentón, bien vestido, peinado impecablemente, con portafolio negro, alfiler de corbata y un parchecito blanco sobre el ojo. ¿Será alguien que me conoce? pensó ella, y tuvo miedo de que aquel individuo la introdujera nuevamente en su pasado. Se sentía tan feliz en su confortable olvido. Pero el hombre se acercó y preguntó simplemente: «¿Le sucede algo, señorita?» Ella lo contempló largamente. La cara del tipo le inspiró confianza. En realidad, todo le inspiraba confianza. Vio que el hombre le tendía la mano y oyó que decía: «Mi nombre es Roldán. Félix Roldán.» Después de todo, el nombre era lo de menos. Así que se incorporó y espontáneamente enlazó su brazo débil con aquel brazo fuerte.

Acaso irreparable

Cuando los parlantes anunciaron que las Líneas Centroamericanas de Aviación postergaban por veinticuatro horas su vuelo número 914, Sergio Rivera hizo un gesto de impaciencia. No ignoraba, por supuesto, la clásica argumentación: siempre es mejor una demora impuesta por la prudencia que una dificultad («acaso irreparable») en pleno vuelo. De cualquier manera, esta demora complicaba bastante sus planes con respecto a la próxima escala, donde ya tenía citas concertadas para el siguiente mediodía.

Decidió autoimponerse la resignación. La afelpada voz femenina del parlante seguía diciendo ahora que la Compañía proporcionaría vales a sus pasajeros para que cenaran, pernoctaran y desayunaran en el Hotel Internacional, cercano al Aeropuerto. Nunca había estado en este país eslavo y no le habría desagradado conocerlo, pero por una sola noche (y aunque el Banco del aeropuerto estaba atendiendo a los pasajeros en tránsito) no iba a cambiar dólares. De modo que fue hasta el mostrador de LCA, hizo cola para recibir los vales y decidió no pedir ni un solo extra durante la cena.

Nevaba cuando el ómnibus los dejó frente al Hotel. Pensó que era la segunda vez que veía nieve. La otra había sido en Nueva York, en un repentino viaje que debió realizar (al igual que éste, por cuenta de la Sociedad Anónima) hacía casi tres años. El frío de dieciocho bajo cero, que primero arremetió contra sus orejas y luego lo sacudió en un escalofrío integral, le hizo añorar la bufanda azul que había dejado en el avión. Menos mal que las puertas de cristal se abrieron antes de que él las tocara, y de inmediato una ola de calor lo reconfortó. Pensó que en ese momento le hubiera gustado tener cerca a Clara, su mujer, y a Eduardo, su hijo de cinco años. Después de todo, era un hombre de hogar.

En el restorán, vio que había mesas para dos, para cuatro y para seis. El eligió una para dos, con la secreta esperanza de comer solo y así poder leer con tranquilidad. Pero simultáneamente otro pasajero le preguntó: «¿Me permite?», y casi sin esperar respuesta se acomodó en el lugar libre.

El intruso era argentino y tenía un irrefrenable miedo a los aviones. «Hay quienes tienen sus amuletos», dijo, «sé de un amigo que no sube a un avión si no lleva consigo cierto llavero con una turquesa. Sé de otro que viaja siempre con una vieja edición de *Martín Fierro*. Yo mismo llevo conmigo, aquí están, ¿las ve?, dos monedas japonesas que compré, no se ría, en el Barrio Chino de San Francisco. Pero a mí no hay amuleto que me serene de veras.»

Rivera empezó contestando con monosílabos y leves gruñidos, pero a los diez minutos ya había renunciado a su lectura y estaba hablando de sus propios amuletos. «Mire, mi superstición acaba de sufrir la peor de las derrotas. Siempre llevaba esta *Sheaffer's* pero sin tinta, y había una doble razón: por un lado no corría el riesgo de que me manchara el traje, y, por otro, presentía que no me iba a pasar nada en ningún vuelo mientras la llevara así, vacía. Pero en este viaje me olvidé de quitarle la tinta, y ya ve, pese a todo estoy vivo y coleando.» Le pareció que el otro lo miraba sin excesiva complicidad, y entonces se sintió obligado a agregar: «La verdad es que en el fondo soy un fatalista. Si a uno le llega la hora, da lo mismo un Boeing que la puntual maceta que se derrumba sobre uno desde un séptimo piso.» «Sí», dijo el otro, «pero así y todo, prefiero la maceta. Puede darse el caso de que uno quede idiota, pero vivo.»

El argentino no terminó el postre («¿quién dijo que en Europa saben hacer el *mousse* de chocolate?») y se retiró a su habitación. Rivera ya no estaba en disposición de leer y encendió un cigarrillo mientras dejaba que se asentara el café a la turca. Se quedó todavía un rato en el comedor, pero cuando vio que las mesas iban quedando vacías, se levantó rápidamente para no quedar último y se fue a su pieza, en el segundo piso. El pijama estaba en la valija, que había quedado en el avión, así que se acostó en calzoncillos. Leyó un buen rato, pero Agatha Christie despejó su enigma mucho antes de que a él le viniera el sueño. Como señalahojas usaba una foto de su hijo. Desde una lejana duna de El Pinar, con un baldecito en la mano y mostrando el ombligo, Eduardo sonreía, y él, contagiado, también sonrió. Después apagó la veladora y encendió la radio, pero la enfática voz hablaba una lengua endiablada, así que también la apagó.

Cuando sonó el teléfono, su brazo tanteó unos segundos antes de hallar el tubo. Una voz en inglés dijo que eran las ocho y buenos días y que los pasajeros correspondientes al vuelo 914 de LCA serían recogidos en la puerta del Hotel a las 9 y 30, ya que la salida del avión estaba anunciada «en principio» para las 11 y 30. Había tiempo, pues, para bañarse y desayunar. Le molestó tener que usar, después de

la ducha, la misma ropa interior que traía puesta desde Montevideo. Mientras se afeitaba, estuvo pensando
cómo se las arreglaría para intercalar en el resto de la
semana las entrevistas no cumplidas. «Hoy es martes
5», se dijo. Llegó a la conclusión de que no tenía
más remedio que establecer un orden de prioridades.
Así lo hizo. Recordó las últimas instrucciones del Presidente del Directorio («no se olvide, Rivera, que su
próximo ascenso depende de cómo le vaya en su conversación con la gente de Sapex») y decidió que pos-
tergaría varias entrevistas secundarias para poder de-
dicar íntegramente la tarde del miércoles a los cor-
diales mercaderes de Sapex, quienes, a la noche, quizá
lo llevaran a aquel cabaret cuyo strip-tease tanto había
impresionado, dos años atrás, al flaco Pereyra.

   Desayunó sin compañía, y a las nueve y media, exactamente, el ómnibus se detuvo frente al Hotel. Nevaba aun más intensamente que la víspera, y en
la calle el frío era casi insoportable. En el aeropuerto,
se acercó a uno de los amplios ventanales y miró, no
sin resentimiento, cómo el avión de LCA era atendido
por toda una cuadrilla de hombres en mameluco gris.
Eran las doce y quince cuando la voz del parlante
anunció que el vuelo 914 de LCA sufría una nueva
postergación, probablemente de tres horas, y que la
Compañía proporcionaría vales a sus pasajeros para
almorzar en el restorán del aeropuerto.

   Rivera sintió que lo invadía un vaho de es-
cepticismo. Como siempre que se ponía nervioso, eruc-
tó dos veces seguidas y registró una extraña presión
en las mandíbulas. Luego fue a hacer cola frente al
mostrador de LCA. A las 15 y 30, la voz agorera
dijo, con envidiable calma, que «debido a desperfectos técnicos, LCA había resuelto postergar su vuelo
914 hasta mañana, a las 12 y 30». Por primera vez,
se escuchó un murmullo, de entonación algo agresiva.

El adiestrado oído de Rivera registró palabras como
«intolerable», «una vergüenza», «qué falta de consi-
deración». Varios niños comenzaron a llorar y uno de
los llantos fue bruscamente cortado por una bofetada
histérica. El argentino miró desde lejos a Rivera y
movió la cabeza y los labios, como diciendo: «¿Qué
me cuenta?» Una mujer, a su izquierda, comentó sin
esperanza: «Si por lo menos nos devolvieran el equi-
paje.»

Rivera sintió que la indignación le subía a la
garganta cuando el parlante anunció que en el mostrador de LCA el personal estaba entregando vales para la
cena, la habitación y el desayuno, todo por gentileza
de la Compañía. La pobre muchacha que proporcionaba los vales, debía sostener una estúpida e inútil
discusión con cada uno de los pasajeros. Rivera con-
sideró más digno recibir el vale con una sonrisa de
irónico menosprecio. Le pareció que, con una ojeada
fugaz, la muchacha agradecía su discreto estilo de re-
presalia.

En esta ocasión, Rivera llegó a la conclusión
de que su odio se había vuelto comunicativo y se sentó
a cenar en una mesa de cuatro. «Fusilarlos es poco»,
dijo, en plena masticación, una señora de tímida y algo ladeada peluca. El caballero que Rivera tenía enfrente, abrió lentamente el pañuelo para sonarse; luego tomó la servilleta y se limpió el bigote. «Yo creo
que podrían transferirnos a otra compañía», insistió
la señora. «Somos demasiada gente», dijo el hombre
del pañuelo y la servilleta. Rivera aventuró una opinión marginal: «Es el inconveniente de volar en invierno», pero de inmediato se dio cuenta de que se
había salido de la hipótesis de trabajo. A ella, por supuesto, se le hizo agua la boca: «que yo sepa, la
Compañía no ha hecho ninguna referencia al mal tiempo. ¿Acaso usted no cree que se trata de una falla

mecánica?» Por primera vez se escuchó la voz (ronca, con fuerte acento germánico) del cuarto comensal: «Una de las azafatas explicó que se trata de un inconveniente en el aparato de radio.» «Bueno», admitió Rivera, «si es así, la demora parece explicable, ¿no?»

Allá, en el otro extremo del restorán, el argentino hacía grandes gestos, que Rivera interpretó como progresivamente insultantes para la Compañía. Después del café, Rivera fue a sentarse frente a los ascensores. En el salón del séptimo piso debía haber alguna reunión con baile, ya que de la calle entraba mucha gente. Después de dejar en el guardarropa todo un cargamento de abrigos, sombreros y bufandas, esperaban el ascensor unos jovencitos elegantemente vestidos de oscuro y unas muchachas muy frescas y vistosas. A veces bajaban otras parejas por la escalera, hablando y riendo, y Rivera lamentaba no saber qué broma estarían festejando. De pronto se sintió estúpidamente solo, con ganas de que alguna de aquellas parejitas se le acercara a pedirle fuego, o a tomarle el pelo, o a hacerle una pregunta absurda en ese imposible idioma que al parecer tenía (¿quién lo hubiera creído?) sitio para el humor. Pero nadie se detuvo siquiera a mirarlo. Todos estaban demasiado entretenidos en su propio lenguaje cifrado, en su particular y alegre distensión.

Deprimido y molesto consigo mismo, Rivera subió a su habitación, que esta vez estaba en el octavo piso. Se desnudó, se metió en la cama, y preparó un papel para rehacer el programa de entrevistas. Anotó tres nombres: Kornfeld, Brunell, Fried. Quiso anotar el cuarto y no pudo. Se le había borrado por completo. Sólo recordó que empezaba con E. Le fastidió tanto esa repentina laguna que decidió apagar la luz y trató de dormirse. Durante largo rato estuvo convencido de que ésta iba a ser una de esas nefastas noches de insomnio que años atrás/habían sido su tormento. Para colmo, no tenía esta vez el recurso de la lectura. Una segunda Agatha Christie había quedado en el avión. Estuvo un rato pensando en su hijo, y de pronto, con cierto estupor, advirtió que hacía por lo menos veinticuatro horas que no se acordaba de su mujer. Cerró los ojos para imponerse el sueño. Hubiera jurado que sólo habían pasado tres minutos cuando, seis horas después, sonó el teléfono y alguien le anunció, siempre en inglés, que el ómnibus los recogería a las 12 y 15 para llevarlos al aeropuerto. Le daba tanta rabia no poder cambiarse de ropa interior, que decidió no bañarse. Incluso tuvo que hacer un esfuerzo para lavarse los dientes. En cambio, tomó el desayuno alegremente. Sintió un placer extraño, totalmente desconocido para él, cuando sacó del bolsillo el vale de la Compañía y lo dejó bajo la azucarera floreada.

En el aeropuerto, despues de almorzar por cuenta de LCA, se sentó en un amplio sofá que, como estaba junto a la entrada de los lavabos, nadie se decidía a ocupar. De pronto se dio cuenta de que una niña (rubia, cinco años, pecosa, con muñeca) se había detenido junto a él y lo miraba. «¿Cómo te llamas?», preguntó ella en un alemán deliciosamente rudimentario. Rivera decidió que presentarse como Sergio era lo mismo que nada, y entonces inventó: «Karl.» «Ah», dijo ella, «yo me llamo Gertrud». Rivera retribuyó atenciones: «¿Y tu muñeca?» «Ella se llama Lotte», dijo Gertrud.

Otra niña (también rubia, tal vez cuatro años, asimismo con muñeca) se había acercado. Preguntó en francés a la alemancita: «¿Tu muñeca cierra los ojos?» Rivera tradujo la pregunta al alemán, y luego la correspondiente respuesta al francés. Sí, Lotte cerraba los ojos. Pronto pudo saberse que la francesita se llamaba Madeleine, y su muñeca, Yvette. Rivera tuvo que explicarle concienzudamente a Gertrud que Yvette cerraba los ojos y además decía mamá. La conversación tocó luego temas tan variados como el chocolate, los payasos y los sendos papás. Rivera trabajó un cuarto de hora como intérprete simultáneo, pero las dos criaturas no le daban ninguna importancia. Mentalmente, comparó a las rubiecitas con su hijo y reconoció objetivamente que Eduardo no salía malparado. Respiró satisfecho.

De pronto Madeleine extendió su mano hacia Gertrud, y ésta, como primera reacción, retiró la suya. Luego pareció reflexionar y la entregó. Los ojos azules de la alemancita brillaron, y Madeleine dio un gritito de satisfacción. Evidentemente, de ahora en adelante ya no hacía falta ningún intérprete, y las dueñas de Lotte e Ivette se alejaron, tomadas de la mano, sin despedirse siquiera de quien tanto había hecho por ellas.

«LCA informa» anunció la voz del parlante, menos suave que la de la víspera pero creando de todos modos un silencio cargado de expectativas, «que no habiendo podido solucionar aún los desperfectos técnicos, ha resuelto cancelar su vuelo 914 hasta mañana, en hora a determinar».

Rivera se sorprendió a sí mismo corriendo hacia el mostrador para conseguir un buen lugar en la cola de los aspirantes a vales de cena, habitación y desayuno. No obstante, debió conformarse con un octavo puesto. Cuando la empleada de la Compañía le extendió el ya conocido papelito, Rivera tuvo la sensación de que había logrado un avance, tal vez algo parecido a un ascenso en la Sociedad Anónima, o a un examen salvado, o a la simple certidumbre del abrigo, la protección, la seguridad.

Estaba terminando de cenar en el hotel de siempre (una cena que había incluido una estupenda

crema de espárragos, más Wienerschnitzel, más fresas
con crema, todo ello acompañado por la mejor cerve-
za de que tenía memoria) cuando advirtió que su ale-
gría era decididamente inexplicable. Otras veinticuatro horas de atraso significaban lisa y llanamente la
eliminación de varias entrevistas y, en consecuencia,
de otros tantos acuerdos. Conversó un rato con el argentino de la primera noche, pero para éste no había
otro tema que el peligro peronista. La cuestión no era
para Rivera demasiado apasionante, de modo que ale-
gó una inexplicable fatiga y se retiró a su pieza, ahora
en el quinto.

Cuando quiso reorganizar la nómina de entrevistas a cumplir, se encontró con que se acordaba solamente de dos nombres: Fried y Brunell. Esta vez
el olvido le causó tanta gracia que la solitaria carcajada sacudió la cama y le extrañó que en la habitación vecina nadie reclamara silencio. Se tranquilizó pensando que en algún lugar de la valija que estaba en
el avión, había una libretita con todos los nombres,
direcciones y teléfonos. Se dio vuelta bajo aquellas extrañas sábanas con botones y acolchado, y experimentó un bienestar semejante a cuando era niño y, después de una jornada invernal, se arrollaba bajo las fra-
zadas. Antes de dormirse, se detuvo un instante en
la imagen de Eduardo (inmovilizada en la foto de las
dunas, con el baldecito en la mano) pero la creciente
modorra le impidió advertir que no se acordaba de
Clara.

A la mañana siguiente, miró casi con cariño su
muda ya francamente sucia, por lo menos en los bor-
des del calzoncillo y en los tirantes de la camiseta. Se
lavó tímidamente los ojos, pero casi en seguida tomó
la atrevida decisión de no cepillarse los dientes. Volvió a meterse en la cama hasta que el teléfono dijo su
cotidiano alerta. Luego, mientras se vestía, consagró

cinco minutos a reconocer la bondad de la Compañía que financiaba tan generosamente la involuntaria demora de sus pasajeros. «Siempre viajaré por LCA», murmuró en voz alta, y los ojos se le llenaron de lágrimas. Por esa razón tuvo que cerrarlos y cuando los abrió, lo primero que distinguió fue un almanaque en el que no había reparado. En vez de jueves 7, marcaba miércoles 11. Sacó la cuenta con los dedos, y decidió que esa hoja debía pertenecer a otro mes, o a otro año. En ese momento opinó muy mal de la rutina burocrática en los estados socialistas. Luego se levantó, desayunó, tomó el ómnibus.

Esta vez sí había agitación en el aeropuerto. Dos matrimonios, uno chileno y otro español, protestaban ruidosamente por las sucesivas demoras y sostenían que, desde el momento que ellos viajaban con un niño y una niña respectivamente, ambos de pocos meses, la Compañía debería ocuparse de conseguirles los pañales pertinentes, o en su defecto facilitarles las valijas que seguían en el avión inmóvil. La empleada que atendía el mostrador de LCA se limitaba a responder, con una monotonía predominantemente defensiva, que las autoridades de la Compañía tratarían de solucionar, dentro de lo posible, los problemas particulares que originaba la involuntaria demora.

Involuntaria demora. Demora involuntaria. Sergio escuchó esas dos palabras y se sintió renacer. Quizá era eso lo que siempre había buscado en su vida (que había sido todo lo contrario: urgencia involuntaria, prisa deliberada, apuro, siempre apuro). Recorrió con la vista los letreros del aeropuerto en lenguas varias: Sortie, Arrivals, Ausgang, Douane, Departures, Cambio, Herren, Change, Ladies, Verboten, Transit, Snack Bar. Algo así como su hogar.

De vez en cuando una voz, siempre femenina, anunciaba la llegada de un avión, la partida de otro.

Nunca, por supuesto, del vuelo 914 de LCA, cuyo pa ralizado, invicto avión, seguía en la pista, cada vez más rodeado de mecánicos en *overalls,* largas mangue-ras, *jeeps* que iban y venían trayendo o llevando nue-vos operarios, o tornillos, u órdenes.

«Sabotaje, esto es sabotaje», pasó diciendo un italiano enorme que viajaba en primera. Rivera tomó sus precauciones y se acercó al mostrador de LCA. De ese modo, cuando el parlante anunciara la nueva de-mora involuntaria, él estaría en el primer sitio para recoger el vale correspondiente a cena, habitación y desayuno.

Gertrud y Madeleine pasaron junto a Rivera, tomadas de la mano y ya sin muñecas. Las chiquilinas (¿serían las mismas, u otras muy semejantes?, estas rubiecitas europeas son todas iguales) parecían tan con-formes como él con la demora involuntaria. Rivera pensó que ya no habría ninguna entrevista, ni siquie-ra con la gente de ¿cómo era? Se probó a sí mismo tratando de recordar algún nombre, uno solo, y se en-tusiasmó como nunca cuando verificó que ya no re-cordaba ninguno.

También esta vez se encontró con un almana-que frente a él, pero la fecha que marcaba (lunes 7) era tan descabellada, que decidió no darle importan-cia. Fue precisamente en ese instante que entraron en el vasto hall del aeropuerto todos los pasajeros de un avión recién llegado. Rivera vio al muchacho, y sintió que lo envolvía una sensación de antiguo y conocido afecto. Sin embargo, el adolescente pasó junto a él, sin mirarlo siquiera. Venía conversando con una chica de pantalones de pana verde y botitas negras. El mucha-cho fue hasta el mostrador y trajo dos jugos de na-ranja. Rivera, como hipnotizado, se sentó en un sofá vecino.

«Dice mi hermano que aquí estaremos más o

menos una hora», dijo la chica. El se limpió los labios con el pañuelo. «Estoy deseando llegar.» «Yo también», dijo ella. «A ver si escribís. Quién te dice, a lo mejor nos vemos. Después de todo, estaremos cerca.» «Vamos a anotar ahora mismo las direcciones», dijo ella.

El muchacho empuñó un bolígrafo, y ella abrió una libretita roja. A dos metros escasos de la pareja, Sergio Rivera estaba inmóvil, con los labios apretados.

«Anotá», dijo la muchacha, «María Elena Suárez, Koenigstrasse 21, Nüremberg. ¿Y vos?» «Eduardo Rivera, Lagergasse 9, Viena III.» «¿Y cuánto tiempo vas a estar?» «Por ahora, un año» dijo él. «Qué feliz, che. ¿Y tu viejo no protesta?»

El muchacho empezó a decir algo. Desde su sitio no pudo entender las palabras porque en ese preciso instante el parlante (la misma voz femenina de siempre, aunque ahora extrañamente cascada) informaba: «LCA comunica que, en razón de desperfectos técnicos, ha resuelto cancelar su vuelo 914 hasta mañana, en hora a determinar».

Sólo cuando el anuncio llegó a su término, la voz del adolescente fue otra vez audible para Sergio: «Además, no es mi viejo sino mi padrastro. Mi padre murió hace años, ¿sabés?, en un accidente de aviación.»

Péndulo

El primero de sus llantos fue poderoso y tras-
pasó fácilmente las cuatro paredes, cubiertas de páli-
das guirnaldas. Después de todo, nacer siempre ha sido importante, aunque el nacido sólo sea capaz de advertir esa importancia con mucho atraso. Por lo pronto, tampoco el médico partero parecía advertirlo, ya
que su profesionalísimo alarde de sostener con una sola
mano aquel cuerpecito de un remolacha tenue, no se
correspondía con el significado metafísico del momento. En el lecho, la madre se desprendía de los últimos gajos de sufrimiento para así poder arrellanarse
en su incipiente felicidad. El le dedicó la segunda de
sus miradas (la primera había encontrado el blanco
cielo raso), pero aún ignoraba que aquello era su madre, la oscura cueva de donde había emergido. Lo me-
tieron en el baño con infinitas precauciones, y sintió
el agua en las manos diminutas. Se hundía, se hundía,
pero al fin dominó el calambre y salió a flote. La costa estaba cerca, pero él no hacía pie y aquel tornique-
te podía volver en cualquier momento. En consecuencia, empezó a bracear lentamente, sin dejarse dominar por los nervios y tratando de respirar en el ritmo
debido. Había tragado agua en abundancia, pero sobre
todo había tragado pánico. Su compás de brazadas era
ahora parsimonioso y el corazón ya le golpeaba menos.

Cuando pasó junto a Beba, que hacía la plancha con
el abandono de quien duerme la siesta en un catre,
tuvo incluso ánimo suficiente como para pellizcarla,
aguantar sus gritados reproches, y pensar que su mujer no estaba mal con el traje de baño de dos piezas,
y que a la noche, sin ellas, estaría aún mucho mejor.
Cuando hizo definitivamente pie, sintió que las piernas se le aflojaban, y hasta le pareció que se le iba la
cabeza. En realidad, sólo en ese instante aquilató la
tremenda injusticia que habría representado su muerte en plena luna de miel. Entonces Agustín, desde la
arena, le tiró violentamente la pelota y él tuvo que dar
un salto para alcanzarla. No sólo se le pasó el mareo
sino que también tuvo fuerzas para tirar la pelota
contra el almanaque que estaba allí, a los pies de la
camita. La pelota rebotó y volvió a él, que la golpeó
con repentino entusiasmo. La madre, fresca, rozagante,
con una bata color crema, apareció en la puerta del
baño, y él se calmó. Dejó la pelota para tenderle los
brazos y sonreír, entre otras razones, por la perspectiva alimenticia que se abría. «¿Tenés hambre, tesoro?», preguntó ella, y él exteriorizó violentamente su
impaciencia. La madre lo sacó de la cama, se abrió la
bata y le dio el pecho. El pezón estaba dulce, todavía
con gusto a jabón de pino. Los primeros tragos fueron
rápidos, atolondrados. La pobre garganta no daba abas-
to. No obstante, pasada la primera urgencia, la vora-
cidad decreció y él tuvo tiempo para dedicarse a un
disfrute adicional: el roce de los labios contra la piel
del pecho. Cerró los ojos por dos motivos: para concentrarse en goce tan complejo, y para no seguir mirando ciertos poros hipnotizantes. Cuando los abrió,
el seno de Celeste llenaba su mano. Examinó aquellas
venitas azules que siempre le resultaban turbadoras,
pero de paso miró también el despertador. «Vestite»,
dijo, «tengo que irme». Celeste se movió suavemente,

como una gata, pero no se incorporó. «Yo, en cambio, puedo quedarme», dijo. El pensó que ella lo estaba provocando. Sólo imaginarlo era un disparate, pero a él no le gustaba irse y dejarla allí, desnuda, aunque quedase sola, aunque su desnudez fuera, a lo sumo, para el espejo ovalado y eunuco. Quizá sólo quería retenerlo media hora más, pero no podía ser. Beba lo esperaba en la puerta del cine. Ya en este momento lo estaría esperando, y él no quería más incidentes, más celos, más llanto. «Quedate, si querés», dijo, «pero vestite». Levantó el puño para acompañar la orden, pero aún lo tenía en alto cuando se dio cuenta de que el golpe sobre el cristal del tocador sonaría a destiempo. Y así fue. Con un tono culpable, murmuró: «Perdón, tío», pero el silencio del viejo fue bastante elocuente. Estaba claro que no perdonaría. «Estos arranques te pueden costar caro. Ahora no importa demasiado que quiebres el cristal del escritorio. Pero a lo mejor estás también quebrando tu futuro.» Qué comparación lamentable, pensó él. «Ya dije perdón», insistió. «Pedir perdón es humillante y no arregla nada. La solución no es pedir perdón, sino evitar los estallidos que hacen obligatorias las excusas.» Sintió que se ponía colorado, no sabía si de vergüenza de sí mismo o de la situación. Pensó en la mala suerte de ser huérfano, pensó que su padre lo había traicionado con su muerte prematura, pensó que un tío no puede ser jamás un segundo padre, pensó que sus propios pensamientos eran en definitiva mucho más cursis que los del tío. «¿Puedo irme?», preguntó, tratando de que su voz quedara a medio camino entre la modestia y el orgullo. «Sí, será mejor que te vayas.» «Sí, será mejor que te vayas», repitió Beba entre lágrimas, y él sintió que otra vez empezaba el chantaje, porque el llanto de su mujer, aunque esta vez fuera interrumpido por las nerviosas chupadas al cigarrillo, despertaba en él inevitablemente la conmiseración y cubría los varios rebajamientos del amor, verificados en nueve años de erosión matrimonial. El sabía que dos horas después se reencontraría con su propio disgusto, con sus ganas irrefrenables de largarlo todo, con su creciente desconfianza hacia la rutina y la mecánica del sexo, con su recurrente sensación de asfixia. Pero ahora tenía que aproximarse, y se aproximó. Puso la mano sobre el hombro de Beba, y sintió cómo su mujer se estremecía y a la vez cómo ese estremecimiento significaba el final del llanto. La sonrisa entre lágrimas, esa suerte de arcoiris facial, lo empalagó como nunca. Pese a todo, la rodeó con sus brazos, la besó junto a la oreja, le hizo creer que el deseo empezaba a invadirlo, cuando la verdad era que él se imponía a sí mismo el deseo. Ella dejó el cigarrillo encendido en el borde de la mesa de noche, y se tendió en la cama. El se quitó la camisa, y antes de seguir desnudándose, se inclinó hacia ella. De pronto pegó un salto: el cigarrillo le había quemado la espalda. Profirió un grito ronco y no pudo evitar que los ojos se le humedecieran. «Bueno», dijo el hombre de marrón al hombre de gris, «por ahora no lo quemés más». La voz sonó cansada, opaca, al costado del chicle. «Mirá que sos porfiado», dijo el de gris, y él no hizo ningún comentario, entre otras cosas porque el dolor y la humillación le habían quitado el aliento. «Fijate, botija, que no te estamos pidiendo nombres. No te estamos pidiendo que traiciones a nadie. Te pedimos una fecha, sólo eso. Mirá qué buenos somos. La fecha de la próxima bombita. Andá, ¿qué te cuesta? Así nos vamos todos a dormir, y mientras vos soñás con Carlitos Marx, nosotros soñamos con los angelitos. ¿No tenés ganas de dormir un rato, digamos, quince horas? A ver, Pepe, mostrale una almohada. ¿O estás desvelado? A ver, Pepe, prendé la otra luz. No, ésa no, sólo tiene doscientas bujías. Prendé mejor el reflector.» El reflector no importaba. El podía aguantar sin dormirse. Estos tipos subestimaban siempre la resistencia física de los jóvenes. Un viejo puede ser que cante, porque está gastado, porque siente pavor ante la mera posibilidad del sufrimiento físico, pero un muchacho sabe por qué y por quién se sacrifica. «Bueno, Pepe», dijo el de marrón, «si el botija sigue callado no vas a tener más remedio que encender otra vez el cigarrillo». El escuchó, sin mirar, el ruido que hizo el fósforo al ser frotado contra la suela del zapato. Todo su cuerpo se organizó para la resistencia, pero seguramente descuidó alguna zona, porque de pronto su boca se abrió, independientemente de su voluntad, como si fuera la boca de otro, y pronunció con claridad pasmosa: «Dieciocho de agosto.» La voz del tipo de marrón sonó secretamente decepcionada: «Francamente, creí que eras más duro. Soltalo, Pepe, ponele una curita sobre la quemadura, devolvele las cosas y que se largue». El sintió una presión repentina en el estómago, pero esta vez el sufrimiento no venía de afuera. Se inclinó un poco hacia adelante y al fin pudo vomitar. Cuando cesaron las arcadas, vio el mar allá abajo, que golpeaba contra el costado del barco. Después del esfuerzo, sus músculos se relajaron y se sintió mejor. Se apartó de la borda y sólo entonces advirtió que José Luis lo había estado mirando. Trató de alejarse, pero el otro lo atajó: «¿Te sentís mal?» «No, ya pasó», dijo él, sintiéndose irremediablemente ridículo y limpiándose la boca con el pañuelo. «No mirés hacia abajo», dijo José Luis. «Mejor vamos al bar y tomás algo fuerte.» El se dejó llevar y pidieron un whisky y un vodka. José Luis tenía razón: desde el primer trago, la bebida le cayó bien, y terminó de acomodarle el estómago. «¿Estás contento de regresar?», preguntó José Luis. El demoró unos segundos, tratando de reconocer en sí mismo si estaba o no contento de su vuelta. «Creo que sí», dijo. «No sabés cuanto me tranquiliza», comentó José Luis, «que hayas acabado por fin con aquellos escrúpulos idiotas». «Bueno, no tan idiotas.» «Mirá, lo peor son las medias tintas. Vos y yo sabemos que esto no es limpio. Por algo nos da tanta plata. Pero también hay una ley: una vez que uno se decide, ya no se puede seguir jugando a la conciencia. Dejá la conciencia para los que no cobran, así se entretienen, pobres.» El apuró de un solo trago lo que quedaba en el vaso, y se puso de pie. «Me voy a dormir.» «Como quieras», dijo José Luis. El salió al pasillo, que a esa hora estaba desierto. Desde el salón de segunda clase llegaba un ritmo amortiguado, y de vez en cuando el alarido de un saxo. Pensó que siempre se divertían más los de segunda que los de primera. Dobló por el pasillo de la derecha. No había dado cinco pasos cuando se apagó la luz. Vaciló un momento, y luego siguió caminando. Le pareció que detrás de él sonaban pasos. Trató de encender un fósforo, pero la mano le tembló. Los pasos se acercaban y él sintió ese miedo primario, elemental, para el que nunca tuvo defensas. Caminó algo más rápido, y luego, pese a los vaivenes del barco, terminó corriendo. Corrió, corrió, esquivando los árboles, y además saltando sobre las sombras de los árboles. Allá adelante estaba el balneario con sus luces. El no quería ni podía mirar hacia atrás. Los pasos crujían ahora sobre la alfombra de hojas y ramitas secas. Si me salvo de ésta, nunca más, pensó. La víspera había invocado sus doce años recién cumplidos para que lo dejaran ir solo a la casa de Aníbal. El viaje de ida no importaba. Pero el de vuelta. Nunca más. A veces sus pasos parecían coincidir exactamente con los del perseguidor, y entonces la duplicación camuflaba los de éste hasta casi borrarlos. Si viene al mismo ritmo que yo, pensó, me alcanzará, porque ha de tener las piernas mucho más largas. Corrió con mayor desesperación, tropezando con piedras y ramas caídas, pero sin derrumbarse. Ni siquiera se tranquilizó cuando llegó a la carretera. Recorrió los pocos metros que lo separaban del chalet, trepó la escalera de dos en dos, encendió la luz, pasó doble llave, y se tiró de espaldas en la cama. El alocado ritmo de su respiración se fue calmando. Qué linda esta seguridad, qué suerte esta bombilla eléctrica, qué cerrada esta puerta. De pronto sintió que la cama era arrastrada por alguien. Es decir, la camilla. La sábana le llegaba hasta los labios. Sin saber por qué, recurrió urgentemente a la imagen de Celeste. Cuántos años. Qué curioso que en este instante no recordara ni sus senos si sus muslos, sino sus ojos. Sin embargo, no pudo detenerse demasiado en aquella luz verde, casi gris. El dolor del vientre volvió con todos sus cuchillos, sus dagas, sus serruchos. «Dele otra», dijo la túnica que estaba a su derecha. «Esperemos que sea la última», dijo la túnica que estaba a su izquierda. Sintió que le quitaban la sábana; luego, vino el pinchazo. Poco a poco los cuchillos regresaron a sus vainas. Cerró los ojos para encontrarse a sí mismo, y luego los abrió para agradecer. La mirada permaneció largamente abierta. Se produjo un blanquísimo silencio. Entonces el péndulo dejó de oscilar.

Cinco años de vida

Miró con disimulo el reloj y confirmó sus temores. Las doce y cinco. Si no empezaba inmediatamente a despedirse, perdería el último *métro*. Siempre le sucedía lo mismo. Cuando alguien, empujado por la nostalgia, propia o ajena, o por el alcohol, o por cierta reprimida vocación de *vedette,* se lanzaba por fin a la confidencia, o alguna de las mujeres presentes se ponía de pronto más bonita o más accesible o más tierna o más interesante que de costumbre, o alguno de los más veteranos contertulios, generalmente algún anarquista de la vieja hornada, empezaba a relatar su versión personal y colorida de la lucha casa por casa en el Madrid de la guerra civil, es decir, cuando la reunión por fin se rescataba a sí misma de las bromas de mal gusto y los chismes de rutina, precisamente en ese instante decisivo él tenía que hacer de aguafiesta y privar a su antebrazo del efectivo estímulo de alguna mano femenina, suave y emprendedora, y ponerse de pie y decir, con incómoda sonrisa: «Bueno, llegó mi hora fatal», y despedirse, besando a las muchachas, y palmeando a los hombres, nada más que para no perder el último *métro*. Los demás podían quedarse, sencillamente porque vivían cerca o —los menos— tenían auto, pero Raúl no podía permitirse el lujo de un taxi y tampoco le hacía gracia (aunque en dos ocasiones lo había hecho) la perspectiva de irse a pie desde Corentin Celton hasta Bonne Nouvelle, anodina hazaña que equivalía a atravesar medio París.

De modo que, ya decidido, tomó uno por uno los dedos finos de Claudia Freire, que en la última hora habían reposado solidariamente en su rodilla derecha, y los fue besando, en actitud compensadora, antes de dejarlos sobre la pana verde del respaldo. Luego dijo, como siempre: «Bueno, llegó mi hora fatal», aguantó a pie firme los discretos silbidos reprobatorios y el comentario de Agustín: «Guardemos un minuto de silencio en homenaje a Cenicienta, que debe retirarse a su lejano hogar. No vayas a olvidarte el zapatito número cuarenta y dos.» Raúl aprovechó las carcajadas de rigor para besar las mejillas calientes de María Inés, Nathalie (única francesa) y Claudia, y las inesperadamente frescas de Raquel, pronunciar un audible «chau a todos», cumplir el rito de agradecer la invitación a los muy bolivianos dueños de casa, y largarse.

Hacía bastante más frío que cuatro horas antes, así que levantó el cuello del impermeable. Casi corrió por la rue Renan, no sólo para quitarse el frío, sino también porque eran las doce y cuarto. En recompensa alcanzó el último tren en dirección Porte de la Chapelle, tuvo el raro disfrute de ser el único pasajero del último vagón, y se encogió en el asiento, dispuesto a ver el vacío desfile de las dieciséis estaciones que le faltaban para la *correspondance* en Saint Lazare. Cuando iba por Falguière, se puso a pensar en las dificultades que un escritor como él, no francés (le pareció, para el caso, una categoría más importante que la de uruguayo), estaba condenado a enfrentar si quería escribir sobre este ambiente, esta ciudad, esta gente, este subterráneo. Precisamente, advertía que «el último *métro*» era un tema que estaba a su disposición. Por ejemplo: que alguien, por una circunstancia imprevista, quedara toda la noche (solo, o mejor, acompañado; o mejor aún, bien acompañado) encerrado en una estación hasta la mañana siguiente. Faltaba hallar el resorte anecdótico, pero era evidente que allí había un tema aprovechable. Para otros, claro; nunca para él. Le faltaban los detalles, la menudencia, el mecanismo de esta rutina. Escribir sin ellos, escribir ignorándolos, era la manera más segura de garantizar su propio ridículo. ¿Cómo sería el procedimiento del cierre? ¿Quedarían las luces encendidas? ¿Habría sereno? ¿Alguien revisaría previamente los andenes para comprobar que no quedaba nadie? Comparó estas dudas con la seguridad que habría tenido si el eventual relato se relacionara, por ejemplo, con el último viaje del ómnibus 173, que en Montevideo iba de Plaza Independencia a Avenida Italia y Peñón. No es que supiera *todos* los detalles, pero sí sabía cómo decir lo esencial y cómo insertar lo accesorio.

Todavía estaba en esas cavilaciones, cuando llegó a Saint Lazare y tuvo que correr de nuevo para alcanzar el último tren a Porte de Lilas. Esta vez corrieron con él otras siete personas, pero se repartieron en los cinco vagones. Previsoramente volvió a subir en el último, calculando que así, en Bonne Nouvelle, quedaría más cerca de la salida. Pero ahora no iba solo. Una muchacha se ubicó en el otro extremo, de pie, pese a que todos los asientos estaban libres. Raúl la miró detenidamente, pero ella parecía hipnotizada por un sobrio aviso que recomendaba a los franceses regularizar con la debida anticipación sus documentos si es que proyectaban viajar al exterior en las próximas *vacances*. El tenía el hábito de mirar a las mujeres (especialmente si eran tan aceptables como ésta) con cierto espíritu inventariante. Por las dudas. Así que inmediatamente comprobó que la chica tenía frío como él (pese a su abriguito claro, demasiado claro para la estación, y a la bufanda de lana), sueño como él, ganas de llegar como él. Almas gemelas, en fin. Siempre se estaba prometiendo entablar una relación más o menos estable con alguna francesa, como un medio insustituible de incorporarse definitivamente al idioma, pero, llegado el caso, sus amistades, tanto femeninas como masculinas, se limitaban al clan latinoamericano. A veces no era una ventaja sino un fastidio, pero la verdad era que se buscaban unos a otros para hablar de Cuernavaca o Antofagasta o Paysandú o Barranquilla, y quejarse de paso de lo difícil que resultaba incorporarse a la vida francesa, como si ellos hicieran en verdad algún esfuerzo para comprender algo más que los editoriales de *Le Monde* y la nómina de platos en el *self service*.

Por fin Bonne Nouvelle. La muchacha y él salieron del vagón por distintas puertas. Otros diez pasajeros bajaron del tren, pero se dirigieron a la salida de la rue du Faubourg Poissonière; él y la muchacha, hacia la de rue Mazagran. Los tacos de ella producían un extraño eco; los de él en cambio eran de goma y la seguían siempre a la misma y silenciosa distancia. Toda la carrera se convirtió de pronto en algo risible, cuando, al llegar a la puerta de salida, advirtieron que la reja corrediza estaba cerrada con candado. Raúl escuchó que la muchacha decía «Dios mío», así, en español, y se volvió hacia él con cara de espanto. Del lado exterior llegaban los espléndidos ronquidos de un clochard, ya instalado en su grasiento confort junto a la reja. «No se ponga nerviosa», dijo Raúl, «la otra puerta tiene que estar abierta». Ella, al oír hablar en español, no hizo ningún comentario pero pareció animarse. «Vamos rápido», dijo, y empezó a correr, desandando el camino. Pasaron nuevamente por el andén, que ahora estaba desierto y a media luz. Desde el andén de enfrente un hombre de *overall* les gritó que se apuraran porque ya iban a cerrar la otra puerta. Mientras seguían corriendo juntos, Raúl recordó sus dudas de un rato antes. Ahora podré hacer el cuento, pensó. Ya tenía los detalles. La muchacha parecía a punto de llorar, pero no se detenía. En un primer momento, él pensó adelantarse para ver si la puerta de Poissonière estaba abierta, pero le pareció que sería poco amable dejarla sola en aquellos corredores desiertos y ya casi sin luz. Así que llegaron juntos. Estaba cerrada. Ella se asió a la reja con las dos manos, y gritó: «¡Monsieur! ¡Monsieur!» Pero aquí ni siquiera había clochard, cuanto menos monsieur. Desierto total. «No hay remedio», dijo Raúl. En el fondo no le desagradaba la idea de pasar la noche allí, con la muchacha. Se limitó a pensar, de puro desconforme, que era una lástima que no fuese francesa. Qué larga y agradable clase práctica podía haber sido.

«¿Y el hombre que estaba en el otro andén?», dijo ella. «Tiene razón. Vamos a buscarlo», dijo él, con escaso entusiasmo, y agregó: «¿Quiere esperar aquí mientras yo trato de encontrarlo?» Muerta de miedo, ella suplicó: «No, por favor, voy con usted.» Otra vez corredores y escaleras. La muchacha ya no corría. Parecía casi resignada. Por supuesto, en el otro andén no había nadie; igual gritaron, pero ni siquiera contestó el eco. «Hay que resignarse», insistió Raúl, que aparentemente había jugado todas sus cartas a la resignación. «Acomodémonos lo mejor posible. Después de todo, si el clochard puede dormir afuera, nosotros podemos dormir adentro.» «¿Dormir?», exclamó ella, como si él le hubiese propuesto algo monstruoso. «Claro.» «Duerma usted, si quiere.

Yo no podría.» «Ah no, si usted va a quedarse despierta, yo también. No faltaba más. Conversaremos.»

En un extremo del andén había quedado una lucecita encendida. Hacia allí caminaron. El se quitó el impermeable y se lo ofreció. «No, de ninguna manera. ¿Y usted?» El mintió: «Yo no soy friolento.» Depositó el impermeable junto a la muchacha, pero ella no hizo ningún ademán para tomarlo. Se sentaron en el largo banco de madera. El la miró y la vio tan temerosa, y a la vez tan suspicaz, que no pudo menos que sonreír. «¿Le complica mucho la vida este contratiempo?», preguntó, nada más que por decir algo. «Imagínese.» Estuvieron unos minutos sin habla. El se daba cuenta de que la situación tenía un lado absurdo. Había que irse acostumbrando de a poco. «¿Y si empezáramos por presentarnos?» «Mirta Cisneros», dijo ella, pero no le tendió la mano. «Raúl Morales», dijo él, y agregó: «Uruguayo. ¿Usted es argentina?» «Sí, de Mendoza.» «¿Y qué hace en París? ¿Una beca?» «No. Pinto. Es decir: pintaba. Pero no vine con ninguna beca.» «¿Y no pinta más?» «Trabajé mucho para juntar plata y venir. Pero aquí tengo que trabajar tanto para vivir, que se acabó la pintura. Fracaso total, porque además no tengo dinero para el pasaje de vuelta. Sin contar con que el regreso sería una horrible confesión de derrota.» El no hizo comentarios. Simplemente dijo: «Yo escribo», y antes de que ella formulara alguna pregunta: «Cuentos.» «Ah. ¿Y tiene libros publicados?» «No, sólo en revistas.» «¿Y aquí puede escribir?» «Sí, puedo.» «¿Beca?» «No, tampoco. Vine hace dos años, porque gané un concurso periodístico. Y me quedé. Hago traducciones, copias a máquinas, cualquier cosa. Yo tampoco tengo plata para la vuelta. Yo tampoco quiero confesar el fracaso.» Ella tuvo un escalofrío y eso pareció decidirla a colocarse el impermeable de él sobre los hombros.

A las dos, ya habían hablado de los respectivos problemas económicos, de las dificultades de adaptación, de la sinuosa avaricia de los franceses, de los defectos y virtudes de las respectivas y lejanas patrias. A las dos y cuarto, él le propuso que se tutearan. Ella vaciló un momento; luego aceptó. El dijo: «A falta de ajedrez, y de naipes, y de intenciones aviesas, propongo que me cuentes tu historia y que yo te cuente la mía. ¿Qué te parece?» «La mía es muy aburrida.» «La mía también. Las historias entretenidas pasaron hace mucho o las inventaron hace poco.» Ella iba a decir algo, pero le vino un estornudo y se le fue la inspiración. «Mirá», dijo él, «para que veas que soy comprensivo y poco exigente, voy a empezar yo. Cuando termine, si no te dormiste, decís vos tu cuento. Y conste que si te dormís, no me ofendo. ¿Trato hecho?» Fue consciente de que su última intervención había sido una buena maniobra de simpatía. «Trato hecho», dijo ella, sonriendo francamente y tendiéndole, ahora sí, la mano.

«Dato primero: nací un quince de diciembre, de noche. Según cuenta mi viejo, en pleno temporal. Sin embargo, ya ves, no salí demasiado tempestuoso. ¿Año? Mil novecientos treinta y cinco. ¿Sitio? No sé si sabés que en la generación anterior, regía una ley casi infalible: todos los montevideanos habían nacido en el Interior. Ahora no, cosa rara, nacen en Montevideo. Yo soy de la calle Solano García. No la conocés, claro. Punta Carretas. Tampoco te dice nada. La costa, digamos. De chico fui una desgracia. No sólo por ser hijo único, sino porque además era enclenque. Siempre enfermo. Tuve tres veces el sarampión, con eso te digo todo. Y escarlatina. Y tos convulsa. Y rubeola. Y paperas. Cuando no estaba enfermo, estaba convaleciente. Incluso cuando los demás decían que estaba sano, yo me la pasaba sonándome la nariz.»

Habló un poco más de la etapa infantil (colegio, maestra linda, primas burlonas, tía melosa, indigestión de merengues con olor a nafta, impenetrabilidad del mundo adulto, etc.), pero cuando quiso pasar a la próxima secuencia cronológica, advirtió claramente, y por primera vez, que lo único medianamente interesante de su vida había sucedido en su infancia. Decidió jugar la carta de la sinceridad e hizo precisamente esa confesión.

Mirta lo ayudó: «No querrás creerme, pero la verdad es que no tengo anécdotas para contar. Casi te diría que no tengo recuerdos. Porque no puedo llevar a esa prestigiosa categoría las vulgares palizas (confieso que tampoco eran demasiado crueles) que recibí de mi madrastra; ni la rutina de los estudios, en los que nunca conseguí (ni quise) destacarme; ni las opacas amistades del barrio; ni mi época detrás de un mostrador, en Buenos Aires, como vendedora de lapiceras y bolígrafos en un comercio de la calle Corrientes. Con decirte que esta temporada en París, aun con las escaseces que paso y el sentimiento de frustración y soledad que a veces me invade, debe ser sin embargo mi período más brillante.»

Mientras hablaba, miraba hacia el otro andén. Pese a la poca luz, Raúl advirtió que la muchacha tenía los ojos llorosos. Entonces tuvo un gesto espontáneo; tan espontáneo que cuando quiso frenarlo, ya era tarde. Extendió la mano hacia ella, y le acarició la mejilla. Lo inesperado fue que la muchacha no pareció sorprenderse; más aún, Raúl tuvo la casi imperceptible sensación de que ella apoyaba por un instante la mejilla en su palma. Era como si las extrañas circunstancias hubieran instaurado un nuevo patrón

de relaciones. Después él retiró la mano y se quedaron un rato inmóviles, callados. Sobre sus cabezas sonaba a veces algún tableteo, algún rumor, algún golpe, que revelaban la presencia lejana y amorfa de la
calle, que allá arriba seguía existiendo.

De pronto él dijo: «En Montevideo tengo una
novia. Buena chica. Pero hace dos años que no la
veo, y, cómo te diré, la imagen se va volviendo cada
vez más confusa, más incongruente, menos concreta.
Si te digo que me acuerdo de sus ojos, pero no de sus
orejas ni de sus labios. Si hago caso de la memoria visual, tengo que concluir que tiene labios finos,
pero si recurro a la memoria táctil, tengo la impresión de que eran gruesos. Qué lío, ¿verdad?» Ella no
dijo nada. El volvió a la carga: «¿Vos tenés novio, o
marido, o amigos?» «No», dijo ella. «¿Ni aquí ni en
Mendoza ni en Buenos Aires?» «En ninguna parte.»

El bajó la cabeza. En el piso había una mone-
da de un franco. Se agachó y la recogió. Se la pasó a
Mirta. «Guardala como recuerdo de esta Stille Nacht.»
Ella la metió en el bolsillo del impermeable, sin
acordarse de que no era el suyo. El se pasó las manos por la cara. «En realidad, ¿para qué voy a men-
tirte? No es mi novia, sino mi mujer. Lo demás es
cierto, sin embargo. Estoy aburrido de esta situación,
pero no me animo a romper. Cuando se lo insinúo por
carta, me escribe unas largas tiradas histéricas, anun-
ciándome que si la dejo se mata, y, claro, yo com-
prendo que es un chantaje, pero ¿y si se mata? Soy
más cobarde de lo que parezco. ¿O acaso parezco cobarde?» «No», dijo ella, «parecés bastante valiente,
aquí, bajo tierra y sobre todo comparándote conmigo,
que estoy temblando de miedo».

La próxima vez que él miró el reloj, eran las
cuatro y veinte. En la última media hora no habían
hablado prácticamente nada, pero él se había acos-

tado en el enorme banco, y su cabeza se apoyaba en la mullida cartera negra de Mirta. A veces ella le pasaba la mano por el pelo. «Cuántos remolinos», dijo. Nada más. Raúl tenía la sensación de hallarse en el centro de un delicioso disparate. Sabía que así estaba bien, pero también sabía que si quería ir más allá, si intentaba aprovechar esta noche de inesperada excepción para tener una aventura trivial, todo se vendría irremediablemente abajo. A las cinco menos cuarto se incorporó y caminó algunos pasos para desentumecer las piernas. De pronto la miró y fue algo así como una revelación. Si hubiera estado escribiendo uno de sus pulcros cuentos, inexorablemente anticursis, no se habría resignado a mencionar que esa muchacha era su destino. Pero afortunadamente no estaba escribiendo sino pensando, así que no tuvo problema en decirse a sí mismo que esa muchacha era su destino. Después de eso, suspiró; podía ser interpretado como un suspiro de inauguración. La emoción subsiguiente fue algo más que un estado de ánimo; realmente fue una exaltación orgánica que abarcó orejas, garganta, pulmones, corazón, estómago, sexo, rodillas.

La excitación y el enternecimiento lo llevaron a romper el silencio: «¿Sabés una cosa? Daría cinco años de vida porque todo empezara aquí. Quiero decir: que yo ya estuviera divorciado y mi mujer hubiera aceptado el hecho y no se hubiera matado, y que yo tuviera un buen trabajo en París, y que al abrirse las puertas saliéramos de aquí como lo que ya somos: una pareja.» Desde el banco, ella hizo con la mano un vago ademán, apenas como si quisiera espantar alguna sombra, y dijo: «Yo también daría cinco años», y luego agregó: «No importa, ya nos arreglaremos.»

El primer síntoma de que la estación reanudaba su rutina, fue una corriente de aire. Ambos estornudaron. Luego se encendieron todas las luces. Raúl sostuvo el espejito mientras ella se ponía presentable. El mismo se peinó un poco. Cuando subían lentamente las escaleras, se cruzaron con la primera avalancha de madrugadores. El iba pensando en que ni siquiera la había besado y se preguntaba si no se habría pasado de discreto. Afuera no hacía tanto frío como la víspera.

Sin consultas previas, empezaron a caminar por el boulevard Bonne Nouvelle, en dirección a la sucursal de Correos. «¿Y ahora?», dijo Mirta. Raúl sintió que le había quitado la pregunta de los labios. Pero no tuvo oportunidad de responder. Desde la acera de enfrente, otra muchacha, de pantalones negros y buzo verde, les hacía señas para que la esperaran. Raúl pensó que sería una amiga de Mirta. Mirta pensó que sería una conocida de Raúl. Al fin la chica pudo cruzar y los abordó con gran dinamismo y acento mexicano: «Al fin los encuentro, cretinos. Toda la noche llamándolos al apartamento, y nada. ¿Dónde se habían metido? Necesito que Raúl me preste el Appleton. ¿Puedes? ¿O acaso es de Mirta?»

Quedaron mudos e inmóviles. Pero la otra arremetió. «Vamos, no sean malos. De veras lo preciso. Me encargaron una traducción. ¿Qué les parece? No se queden así, como dos estatuas, por no decir como dos idiotas. ¿Van al apartamento? Los acompaño.» Y arrancó por Mazagran hacia la rue de l'Echiquier, acompañando su apuro con un bien acompasado movimiento de trasero. Raúl y Mirta caminaron tras ella, sin hablarse ni tocarse, cada uno metido en su propia expectativa. La chica nueva dobló la esquina y se detuvo frente al número 28. Los tres subieron por la escalera (no había ascensor) hasta el cuarto piso. Frente al apartamento 7, la muchacha dijo: «Bueno, abran.» Con un movimiento particularmente cautelo-

so, Raúl descolgó del cinto su viejo llavero, y vio que
había, como siempre, tres llaves. Probó con la primera; no funcionó. Probó con la segunda y pudo
abrir la puerta. La chica atropelló hacia el estante de
libros que estaba junto a la ventana, casi arrebató el
Appleton, besó en ambas mejillas a Raúl, luego a
Mirta, y dijo: «Espero que cuando venga esta noche
hayan recuperado el habla. ¿Se acuerdan de que hoy
quedamos en ir a lo de Emilia? Lleven discos, plea-
se.» Y salió disparada, dando un portazo.

Mirta se dejó caer sobre el sillón de esterilla.
Raúl, sin pronunciar palabra, con el ceño fruncido y
los ojos entornados, comenzó a revisar el apartamento. En el estante encontró sus libros, señalados y ano-
tados con su inconfundible trazo rojo; pero había
otros nuevos, con las hojas a medio abrir. En la pared
del fondo estaba su querida reproducción de Miró;
pero además había una de Klee que siempre había
codiciado. Sobre la mesa había tres fotos: una, de sus
padres; otra, de un señor sospechosamente parecido
a Mirta; en la tercera estaban Mirta y él, abrazados
sobre la nieve, al parecer muy divertidos.

Desde que apareciera la chica del Appleton, no
se había atrevido a mirar de frente a Mirta. Ahora sí
la miró. Ella retribuyó su interés con una mirada sin
sombras, un poco fatigada tal vez, pero serena. No la
ayudó mucho, sin embargo, ya que en ese instante
Raúl tuvo la certeza, no sólo de que había hecho mal
en divorciarse de su esposa montevideana, histérica
pero inteligente, malhumorada pero buena hembra,
sino también de que su segundo matrimonio empezaba
a deteriorarse. No se trataba de que ya no quisiera a
esa delgada, friolenta, casi indefensa mujer que lo miraba desde el sillón de esterilla, pero para él estaba
claro que en sus actuales sentimientos hacia Mirta quedaba muy poco del ingenuo, repentino, prodigioso, in-

vasor enamoramiento de cinco años atrás, cuando la había conocido en cierta noche increíble, cada vez más lejana, cada vez más borrosa, en que, por una trampa del azar, quedaron encerrados en la estación Bonne Nouvelle.

La muerte y otras sorpresas se terminó de imprimir
en abril de 2003, en Litográfica Ingramex, S.A. de
C.V. Centeno 162, Col. Granjas Esmeralda, C.P.
09810, México, D.F.